Ernst Strelau

Leben und Werke des Mönches Bernold von St. Blasien

Ernst Strelau

Leben und Werke des Mönches Bernold von St. Blasien

ISBN/EAN: 9783743319141

Hergestellt in Europa, USA, Kanada, Australien, Japan

Cover: Foto ©Raphael Reischuk / pixelio.de

Manufactured and distributed by brebook publishing software
(www.brebook.com)

Ernst Strelau

Leben und Werke des Mönches Bernold von St. Blasien

Leben und Werke

des

Mönches Bernold von St. Blasien.

Inaugural-Dissertation

zur Erlangung der Doktorwürde

der hohen philosophischen Fakultät der Universität Leipzig

vorgelegt von

Ernst Strelau

aus Graudenz.

Jena,

Frommannsche Buchdruckerei

(Hermann Pohle)

1889.

Meinem verehrten Lehrer

Herrn Prof. Dr. Wilhelm Maurenbrecher

in Dankbarkeit zugeeignet.

Inhalt.

Die Chronik des Mönches Bernold ist mehrfach der Gegenstand einer Untersuchung geworden. Die darauf bezüglichen Abhandlungen [1]) haben das Hauptgewicht darauf gelegt festzustellen, welches Verhältnis zwischen der Chronik des Bernold und der „sogenannten" Bertoldschen Chronik besteht. Die vorliegende Arbeit wird von einem andern Gesichtspunkte ausgehen. Es ist die Absicht, das Leben und die Werke Bernolds an sich einer eingehenden Betrachtung zu unterziehen; ganz besonders sollen die zahlreichen kleineren Schriften dieses Mannes im Zusammenhange behandelt werden. Die vielbesprochene Frage Bertold = Bernold wird bei der Behandlung der Chronik freilich nicht zu umgehen sein. Jedoch wird dieselbe erst in zweiter Linie inbetracht kommen, überhaupt nur so weit herangezogen werden, als es bei einer Kritik der Bernoldschen Chronik nötig erscheint.

---

1) A. Ussermann: Germaniae sacrae prodromus seu collectio monumentorum res Alemannicas illustrantium II; S. Blas. 1790/91. — Schulzen: de Bertoldi et Bernoldi chronicis. Diss. Bonn, 1867. — P. Meyer: Die Fortsetzer Hermanns von Reichenau. Hist. Studien, 4. Heft; Lpz. 1881. — J. Richter: Die Chroniken Bertolds und Bernolds. (Diss. Königsb.) Köln 1882. — Waitenbach: Deutschlands Geschichtsquellen. 5. Aufl. 1886; II, 49—54. — Giesebrecht: Deutsche Kaiserzeit. 4. Aufl. 1876/77; III, 1032—1038. Waitz: Gött. Nachr. 1857, p. 62. —

1

I. Das Leben Bernolds.

Wir wollen zunächst versuchen, aus den wenigen uns zu
gebote stehenden Quellenzeugnissen ein Lebensbild[1]) unseres
Chronisten zu entwerfen. Trotz der in verhältnismäßig reichem
Maße auf uns gekommenen litterarischen Erzeugnisse dieses
Mannes erfahren wir — selbst in den Briefen, wo man dieses
wohl am ersten erwarten sollte — im allgemeinen sehr wenig
über die Lebensverhältnisse Bernolds. Es scheint fast, als
habe er mit einer gewissen Absicht seine Person in den
Hintergrund drängen wollen. Wir kommen daher in sehr
vielen Fällen über Vermutungen nicht hinaus, ja — über
manche Dinge bleiben wir völlig im Dunkeln.

Schon über das Geburtsjahr Bernolds ist kein direkter,
sicherer Anhaltspunkt vorhanden. Ich glaube jedoch, daß
aus einigen Stellen ziemlich sicher hervorgeht, daß unser
Chronist 1050 noch nicht geboren sein konnte. Nach diesen
Angaben scheint es vielmehr so, als ob er vielleicht 1054
oder doch wenigstens um diese Zeit das Licht der Welt er-
blickt hat. Es sind dieses folgende Angaben:

1) Bernold hat in der Zeit vom Ausgange des Jahres
1074 bis 1076 mit dem Presbyter Alboin einen sehr heftigen
Briefwechsel über die Priesterehe geführt. Schon durch das
erste, ziemlich scharf gehaltene Schreiben Bernolds ist Alboin sehr erregt, er schreibt Anfang 1075 einen sehr groben
Brief an Bernold zurück. In demselben[2]) nennt Alboin den

WAITZ: Forschungen XXII, 493—500. — MAY: ib. XXII,
501—528.

1) SCHULZEN hat in seiner Dissertation p. 18 ff. ein Lebensbild entworfen. Dasselbe ist aber keineswegs eingehend genau,
teilweise unrichtig, da der Verfasser von der Voraussetzung
ausging, daß die in Bd. V der Mon. (script.) dem Bertold zu-
geschriebene Kompilation ein Werk Bernolds sei.

2) USSERMANN, Prodromus II, 247—248.

Bernold zunächst einen tiro. Sodann fordert er ihn am
Schlusse des Schreibens auf, eine etwas mäßigere Sprache
zu führen, auf daß nicht Alboin dazu gebracht werde, auf
ihn den Ausspruch anzuwenden: ante suum tempus nimis
exaltata iuventus, ne male labatur, pede desursum retra-
hatur. Wir sehen, Bernold muß damals — 1075 — noch ein
junger Mensch gewesen sein.

2) Auch in dem 1076 veranstalteten Briefwechsel zwischen
Bernold und seinem Lehrer Bernhard scheinen die letzten
Worte des Bernhardschen Briefes dies jugendliche Alter Bernolds zu betonen: valeas et tu optatae indolis, Bernalde,
flosculе vernans[1]). Auch die folgenden Sätze deuten
an, welche Erwartungen Bernhard von seinem Schüler für
die Folgezeit hege[2]). — Ausschlaggebender ist aber das
folgende Argument.

3) In seiner Apologie für die 1075 erlassenen Dekrete
Gregors VII. sagt Bernold von dem am 19. April 1054 ver-
storbenen Papste Leo IX.: nostro tempori pene contiguus[3]).
Offenbar soll dieses heißen: „an unsere Tage, d. h. an die
Zeit, in welcher wir leben, beinahe oder ziemlich heran-
reichend". Auch sonst gebraucht Bernold das Wort tempus
— besonders in der Form: nostris temporibus[4]) — sehr
häufig von Ereignissen, welche sich zu seinen Lebzeiten zugetragen haben.

Aus diesen drei Zeugnissen folgt, daß wir das Geburtsjahr Bernolds um 1054 ansetzen dürfen.

Ist es uns so möglich gewesen, das Geburtsjahr Bernolds annähernd zu bestimmen, so bleiben wir dagegen völlig

---

1) Uss. II, 213 n. 45.
2) ibid. p. 214.
3) Uss. II, 280.
4) Uss. II, 395 n. 6 u. a. a. O.

im Dunkeln über seinen Geburtsort. Weder in seinen
Schriften noch aus anderen Quellen erfahren wir irgend
etwas darüber. Wir können höchstens vermuten, da wir ihn
von Jugend auf bis zum Tode im südlichen Schwaben finden,
daß er ein Schwabe von Geburt war. — Was seine Eltern
betrifft, so wissen wir, daß sein Vater ein Kleriker und ver-
heiratet war[1]). Bernold stammt also aus einer Priesterehe.

Wo er seine Kinderjahre verlebte, wissen wir nicht. In
den sechziger Jahren finden wir ihn in der Konstanzer
Schule[2]), wo er den Unterricht Bernhards[3]), eines in den
Lehren der Kirche sehr erfahrenen Klerikers, genoß. Unter
Leitung dieses Mannes hat Bernold jedenfalls zum großen
Teile die reiche und umfassende Kenntnis in den Kirchen-
schriften erhalten, welche schon seine ersten litterarischen
Produkte auszeichnet. Wie lange dieser Unterricht gedauert
hat, wie lange überhaupt Bernhard in Konstanz gewesen ist,
läßt sich nicht feststellen. 1076 finden wir ihn in Hildes-
heim[4]). Später ist er dann nach Corvey übergesiedelt[5]), wo

1) Brief Alboins an Bernold Uss. II, 248: quum certum
sit, te de eodem .... peccato (nämlich die Priesterehe, welche
Bernold bekämpft) esse progenitum?

2) Gfrörer: Gregor VII. Bd. VII p. 725, verlegt ganz willkürlich den Unterricht nach St. Blasien und nennt Bernold einen
„Schüler von St. Blasien".

3) Uss. II, 230. Bernold an Bernhard: Non enim iam
modo, ut quondam, vestri examinis censuram subire timemus,
sed optamus, qui olim manum nostram ferulae vestrae in scholis
multoties subduximus.

4) Uss. II, 210 n. 39. Bernhard an Bernold: referam,
quod contigit apud sacrosanctam Hildesheimensem ecclesiam,
cui ego indignissimus nunc servio ...... Gies. III, 1034 nimmt
an, daß Bernhard schon um 1068 Konstanz verlassen habe.
Jedoch haben wir hierüber keine Nachrichten.

5) Der Brief Bernolds an Bernhard bei Uss. II, 230 ff.
weist nach Corvey. — Außerdem steht sein Name in dem ca-

er am 15. März 1088 gestorben ist[1]). Das Verhältnis zwischen Lehrer und Schüler ist bis zum Tode Bernhards stets ein sehr nahes gewesen. Die p. 3 citierte Stelle aus dem Briefe Bernhards läßt erkennen, daß derselbe voll der höchsten Erwartungen von diesem Jünglinge war. Und auch der Schüler schätzte seinen Lehrer hoch. Noch 1091 widmet ihm Bernold in seiner Chronik einen sehr ehrenvollen Nachruf.

Eine Frage von großer Wichtigkeit in dem Leben Bernolds ist nun die, ob er sich nach 1070 oder überhaupt in den 70er Jahren noch in Konstanz aufgehalten hat. Die bisher allgemein übliche Annahme geht zwar dahin, daß Bernold 1086 in das Kloster St. Blasien eingetreten, und daß er bis zu dieser Zeit dauernd in Konstanz sich aufgehalten habe. Jedoch vermisse ich hierfür den Beweis. Thatsächlich war ja Bernold in den 60er Jahren in Konstanz, auch hat er dort am 22. Dez. 1084 die Priesterweihe erhalten. Aber damit allein ist doch wahrhaftig nicht bewiesen, daß er nun auch die ganze Zeit — von den 60er Jahren bis 1086 — in Konstanz gelebt hat! Ich bin vielmehr aufgrund einer Reihe von Erscheinungen in der Chronik und den ersten Streitschriften zu einem wesentlich anderen Resultate gelangt. Auf dieselben fußend[2]), glaube ich mit Sicherheit annehmen zu dürfen, daß Bernold bereits in den 70er Jahren den Schwarzwaldklöstern, und zwar dem Kloster St. Blasien angehört hat.

talogus abbatum et nomina fratrum Corbeiensium (Mon. Germ. scr. XIII, p. 277) unter dem Abte Markward (1086—1106).

1) Das Jahr nennt Bernolds Chronik p. 448, den Tag der Nekrolog p. 391: Id. Mart.

2) Es wird erlaubt sein, hier nur die Thatsache meiner Behauptung zu geben. Der Nachweis wird nach der Besprechung der ersten Streitschriften (1074—1076) in einem besonderen Exkurse gegeben werden. (p. 37 ff.)

Schon gegen Ende 1074 war Bernold, soweit unsere
Kenntnis reicht, schriftstellerisch thätig. Die Anfänge seiner
Chronik fallen in diese Jahre, ebenso eröffnete er 1074 die
sehr heftige Polemik mit dem Presbyter Alboin über die
Priesterehe[1]). In den folgenden Jahren, in welchen der
Konflikt zwischen Heinrich IV. und Gregor VII. ausbrach,
tritt er uns als einer der leidenschaftlichsten Gregorianer
entgegen. So erließ er 1076 über die Rechtmäßigkeit der
Fastenbeschlüsse von 1075 eine Apologie, in welcher er sehr
heftig gegen alle Widersacher Gregors vorging.

1079 war er auf der Fastensynode in Rom[2]). Welches
die Veranlassung zu dieser Reise war, darüber lassen sich
nur Vermutungen aufstellen. WATTENBACH II, 53 nimmt
an, daß er im Auftrage des Bischofs Otto von Konstanz nach
Rom gesandt sei[3]). Es ist mir aber dieses selbst für den
Fall, daß Bernold damals noch in Konstanz sich aufgehalten
hätte, im höchsten Grade unwahrscheinlich. Otto stand in
einem sehr gespannten Verhältnisse zu Rom. 1080 wurde
er bekanntlich zum zweiten Male und dauernd von der römischen Synode exkommuniziert, weil er sich den Befehlen
der Kirche nicht fügen wollte. Sollte er da einen Mann wie
Bernold, der seinen kirchlichen Anschauungen direkt ent-
gegenstand, als seinen Abgesandten zur römischen Synode
geschickt haben? Dieses ist kaum denkbar! Otto hätte
jederzeit erwarten müssen, daß dieser Mann dort nur zu
seinem Schaden, überhaupt seinen Ansichten direkt entgegen

---

1) Uss. II, 241—269. Dieser Briefwechsel ist von Ausgang 1074 bis Anfang 1076 geführt worden.
2) Uss. II, 435 n. 9. Bernolds Worte: ultimae quoque
generali synodo sub Gregorio papa septimo anno dominicae incarnationis 1079 nos ipsi interfuimus et vidimus . . . . . .
3) Ebenso SCHULZEN in seiner Diss. p. 21.

gewirkt hätte. Mir scheint dagegen eine andere Erklärung möglich zu sein. Ich habe schon soeben angedeutet, daß ich im Folgenden nachzuweisen gedenke, daß Bernold in den 70er Jahren in dem Schwarzwaldkloster St. Blasien geweilt hat. Schon dieses allein läßt es natürlicher erscheinen, daß Bernold sich vielmehr unter der aus den Schwarzwaldklöstern vertretenen Geistlichkeit, vielleicht im Gefolge seines Abtes befunden habe. Es ist bekannt, in wie nahen Beziehungen diese Schwarzwaldklöster, vor allem Wilhelm von Hirschau zu Rom standen. Es ist als sicher anzunehmen, daß zu jeder Synode in Rom diese Klöster ihre Leute absandten. Und wenn man nun in der Chronik Bernolds zum Jahre 1079 liest, was in Rom damals unter anderem verhandelt wurde, so scheint es, als ob man Bernold damals absichtlich zu dieser Synode mitgenommen hätte. Bernold berichtet uns nämlich, daß auf eben dieser Synode auch das Kapitel des Pafnutius über die Priesterehe verdammt worden sei[1]). Wie wir nun sogleich bei der Besprechung der Schriften sehen werden, hat wegen dieses Kapitels Bernold einige Jahre vorher die sehr hitzige Brieffehde mit dem Presbyter Alboin geführt, welche den Ausgang hatte, daß Alboin zugeben mußte, irrtümlich diesem Kapitel die Sanktion des nicänischen Konzils beigelegt zu haben. Daß aber diese Stelle nicht von Alboin allein, sondern von einer Anzahl anderer Kleriker den neuen Cölibatsgesetzen entgegengehalten wurde, war ganz natürlich. Was ist erklärlicher, als daß von diesen Gregorianern ein Synodalbeschluß durchzusetzen versucht wurde, welcher diese Stelle des Pafnutius einfach verdammte? Die Initiative ist gewiß von denen ausgegangen, in deren Begleitung Bernold sich befand, von der Geistlichkeit dieser Schwarzwaldklöster.

---

1) s. chron. z. J. 1079: capitulum **Pafnutii** de nuptiis presbyterorum (papa) . . . damnavit.

Und da war es ganz natürlich, daß man Bernold zu diesen
Verhandlungen hinzuzog, denn er hatte über diesen Gegenstand schon vor Jahren in den Kirchenvätern zur Wider-
legung seines Gegners weitgehende Untersuchungen angestellt.

Über die nächsten fünf Jahre fehlt uns für die Lebensverhältnisse Bernolds jeder Anhaltspunkt[1]). Erst mit dem
Jahre 1084 erhalten wir etwas genauere Notizen. So wurde
Bernold am 22. Dez. 1084 in Konstanz durch den Cardinallegaten Otto von Ostia zum Presbyter geweiht[2]), wobei ihm
auch das Recht zuerteilt wurde, reuige Sünder wieder in die
Kirchengemeinschaft aufzunehmen[3]). Offenbar war Bernold
damals schon ein sehr angesehener und in weiteren Kreisen
bekannter Geistlicher seiner Partei. In der Schrift des

---

1) SCHULZEN p. 23 nimmt an, daß Bernold die Zeit bis 1083
in Italien zugebracht habe. In diesem Jahre soll er dann mit
dem Cardinallegaten Otto von Ostia nach Deutschland zurückgekehrt sein. Er schließt dieses aus der Kürze der Chronik in
diesen Jahren und dem gänzlichen Fehlen von anderen Schriften
Bernolds für diese Zeit. Ich kann mich aber SCHULZENS Ausführungen nicht anschließen. Der Verfasser ist zu dieser ge-
wagten Hypothese nur durch seine Vermutung, daß die sogenannte Bertoldsche Chronik ein Werk Bernolds sei, verleitet
worden. Er wollte den Abstand zwischen der 1080 ab-
brechenden, sehr detailliert geschriebenen Kompilation, der sogen.
Bertoldschen Chronik, und den kurzen Notizen bei Bernold bis
1083 erklären. — Ihm ist WATTENBACH II, 52 gefolgt. RICHTER
in seiner Diss. p. 18 sucht aus der „genauen Beschreibung der
Kämpfe um Rom, der detaillierten Angabe der Zahl der Ge-
fallenen auf beiden Seiten ....“ zu schließen, daß Bernold jene
Jahre in Italien zugebracht habe. Dieses genaue Bekanntsein
mit den italischen Verhältnissen bleibt aber auch in der ganzen
Folgezeit, in welcher Bernold nachweislich in Deutschland lebt.
Hierüber vermeidet aber RICHTER eine Erklärung zu geben.

2) chron. 1084 (Mon. V, p. 441).

3) chron. ib. — Brief an die Mönche zu Raitenbuch, Uss.
II, 387 n. 9.

Manegold von Lauterbach gegen Wenrich von Trier[1]) wird ihm ein hohes Lob ausgesprochen[2]).

Seit seiner Priesterweihe finden wir ihn auf einige Zeit in unmittelbarer Nähe des Bischofs Gebhard von Zähringer, welcher an demselben Tage wie Bernold in Konstanz die Weihe erhielt[3]). Gebhard hatte die letzte Zeit vor seiner Wahl in Hirschau zugebracht, er kannte jedenfalls die Fähigkeiten Bernolds und zog ihn für die nächste Zeit in seine nächste Umgebung. Denn durch die auf Gebhard gefallene Wahl zum Bischof von Konstanz war diesem Prälaten eine schwere Arbeit auferlegt worden. Es galt in der Stadt festen Fuß zu fassen, welche bisher durch und durch kaiserlich gesinnt gewesen war. Bernold scheint damals im Auftrage Gebhards mehrfach gereist zu sein. Sein Bericht über die Quedlinburger Synode 1085 in der Chronik läßt darauf schließen, daß er dort unter den Gesandten Gebhards sich befunden habe[4]). 1086 finden wir ihn in der Schlacht bei Pleichfeld auf der Seite des Gegenkönigs Hermann[5]). In der folgenden Zeit ist er jedoch wieder in dem Kloster St. Blasien

---

1) Giesebr.: Über Manegold von Lauterbach (Sitzungsber. d. Münch. Ak. 1868). Danach ist die Schrift zwischen 1083 und 1086 verfaßt worden.

2) Ein Citat aus Bernolds Streitschriften wird mit folgenden Worten hervorgehoben: adducamus alium nostri temporis virum, cuius licet nomen taceamus, prudentiae tamen eius indicem et testem ipsam eius dictorum virtutem et gravitatem tenemus ... (s. Münch. Sitzber. 1868, p. 321).

3) chron. 1084 (Mon. V p. 441).

4) cf. die Ausführungen bei der Behandlung der Chronik z. J. 1085 p. 90 f.

5) Den ausführlichen Bericht über die Schlacht s. Mon. p. 444 f. Daselbst p. 445: ego ... de praedicto proelio non tam aliorum relata, quam quae ipse vidi et audivi .... annunciare curavi. — Nach dem Berichte des Paul von Benried c. 119 befand sich auch Gebhard damals auf der Seite Hermanns.

zu finden, und nun beginnt bei ihm eine sehr umfangreiche,
schriftstellerische Thätigkeit. In diesem Zeitabschnitte erblicken wir ihn auf der Höhe seiner geistigen Wirksamkeit!
Man hat bisher allgemein angenommen, daß Bernold erst
jetzt — also 1086 — Mönch in dem Kloster St. Blasien geworden sei, und hat dieses aus dem Briefe desselben an den
Präpositus Adalbert von Speier geschlossen, in welchem er
sich nennt: ultimus fratrum de S. Blasio[1]). Hier ist doch,
so sagt man, Bernold nach seiner eigenen Angabe „der letzte",
d. h. „der soeben erst in die Gemeinschaft der Mönche eingetretene". Auf den ersten Blick mag diese Erklärung ja
richtig erscheinen, jedoch wird dieselbe durch andere Momente vollständig entkräftet und haltlos. Erstens: woraus
will man beweisen, daß dieser Brief erst 1086 geschrieben
ist? Wir werden bei der Besprechung der einzelnen Schriften
sehen, daß derselbe nicht früher als Sommer 1085 geschrieben
sein kann, da Gregor VII. schon als tot gemeldet wird[2]).
Aber daß dieser Brief erst 1086 geschrieben ist, dafür ist auch
nicht der geringste Anhaltspunkt vorhanden. Ich gebe zu,
daß er nicht viel später als 1086 geschrieben sein kann[3]). —
Sodann zum zweiten erscheint es sehr zweifelhaft, ob ultimus
fratrum mit „der letzte, eben erst eingetretene" übersetzt
werden darf. Bekanntlich legt sich Bernold in der Über-
schrift zu seinen Briefen und Streitschriften ohne Ausnahme
sehr devote Titel bei[4]); selbst da, wo er im Laufe der Diskussion auf sich zu sprechen kommt, betont er seine unter-

---

1) Uss. II, 357.
2) Uss. II, 363 n. 13.
3) cf. die Angaben über die Datierung dieses Briefes p. 44.
4) Bernoldus solo nomine presbyter, non moribus (bei Uss.
opsc. III, V, VIII, IX, X, XI, XIII). — B. presbyter, utinam
solo corpore infirmus (VII, XII).

geordnete Bedeutung[1]). Danach kann hier ultimus ebenso gut — ja es scheint mir sogar das einzig Richtige zu sein — „der niedrigste, d. i. der unbedeutendste unter den Klosterbrüdern" heißen. Damit fällt aber jegliche Möglichkeit weg, diese Stelle als Beweis für den 1086 erfolgten Eintritt in das Kloster heranzuziehen.

Und dazu drängt sich an dieser Stelle noch ein anderes Moment, nämlich die Frage: was bewog denn Bernold gerade jetzt, wo die Sache der kirchlichen Partei die besten Fortschritte machte, wo Bernolds um diese Zeit erschienenen, zahlreichen Streitschriften nicht nur große Zuversicht des Sieges seiner Partei, sondern auch eine große Kampfesbereitwilligkeit erkennen lassen, in das Kloster zu gehen, wenn er bisher demselben nicht schon angehört hatte? Wattenbach II, 52 sagt: „Im Kriegsgetümmel mochte er sich doch wohl nicht an seinem Platze fühlen". Dabei vergißt aber Wattenbach, daß es in Konstanz, wo Bernold gelebt haben soll, gerade in den letzten zehn Jahren vor 1086 sehr wild hergegangen war. Warum hat er denn diese ganze Zeit dort in dem wilden Getümmel und dazu noch unter Leuten, welche sehr käiserlich gesinnt waren, ausgehalten und nicht die Ruhe des Klosters vorgezogen? Man sieht, auch dieses Argument hat keine Beweiskraft. Bernold war eben schon in den 70er Jahren, wie ich das im folgenden nachzuweisen gedenke, Mönch des Klosters St. Blasien.

Bis zum Jahre 1091 hat Bernold in St. Blasien gelebt. Von diesem Jahre an finden wir ihn in dem Kloster St. Salvator zu Schaffhausen[2]). Die Gründe, durch welche dieser

---

1) Uss. II, 437: haec autem in fide schedulae simplicioribus fratribus, nostri inquam similibus . . . . . . suggerimus.
2) Die Gründe sind folgende:
a) Die große, von Gies. III, 1037 die Weltchronik von Muri

Wechsel bedingt wurde, sind nicht bekannt[1]). Hier in Schaffhausen hat Bernold den Rest seines Lebens vollbracht. Trübe
Tage mußte er noch in seinen letzten Jahren durchmachen.
Beide Parteien, welche sich schon so lange Jahre im Kampfe
gegenübergestanden hatten, sehnten sich nach Frieden. Auch
Bernold hatte allmählich eingesehen, daß mit den allzu
strengen Maßregeln der Kirche gegen ihre Feinde nichts er-
reicht wurde. Bei ihm griff, wie wir das aus seinen Schriften
des letzten Decenniums sehen, eine gemilderte Auffassung
platz. Aber wir würden ihn sehr falsch beurteilen, wenn

genannte Kompilation bringt 1080—1091 **wörtlich** Bernolds Chronik. Nachher hört diese Quelle auf. Nun steht
es fest, daß um 1091, vielleicht auch später von St. Blasien
eine Kolonie nach Muri gesandt worden ist. Ohne Zweifel
ist dieser Abschnitt 1080—1091 von St. Blasien, wo man
Bernolds Werk nicht weiter kannte, nach Muri herüber-
gekommen — s. auch WATTENBACH II, 52; GIESEBRECHT III,
1035 ff.

b) Während vorher nur ein einziges Mal Schaffhausen in der
Chronik erwähnt wird, häufen sich von 1092 ab die Nachrichten über Schaffhausen (1092 zwei Eintragungen. Das
p. 455 erwähnte Erdbeben kann in dieser Weise Bernold
nur als Augenzeuge beschreiben. — 1093 wiederum zwei
Notizen. — Ebenso Nachrichten 1094, 1096, sehr ausführlich 1098, 1099).

c) Seit dem Jahre 1089 war in dem Kloster Schaffhausen ein
sehr unangenehmer Streit mit dem dortigen Kleriker Tuto
ausgebrochen. Schon am 13. April 1090 hatte der Papst
den Bischof von Konstanz zum Einschreiten aufgefordert.
Während nun Bernold seit 1092 uns stets sehr genau über
den Verlauf dieses Streites, der übrigens nach Bernolds
Tode noch nicht beendet war, zu berichten weiß, bringt
er statt 1089, wo der Streit anfing, erst 1092, und hier
das Vorhergehende kurz zusammenfassend, die erste Notiz
— s. HENKING, Gebhard von Konstanz, Zürich. Diss. p. 40 ff.,
wo der Streit dargestellt ist.

1) Ganz willkürlich glaubt RICHTER p. 23, daß Bernold deshalb nach Schaffhausen übergesiedelt sei, um mit seinem Freunde
Gebhard besser verkehren zu können.

wir daraus den Schluß ziehen wollten, daß er sich gegen
Ende seines Lebens den Ansichten Heinrichs und seiner
Partei irgendwie genähert hätte. Er blieb der Sache Roms
ergeben, und den oft betonten Satz, daß die päpstliche Gewalt eine höhere sei als die kaiserliche, hat er bis an sein
Lebensende mit demselben Nachdruck vertreten. Aber nun
mußte er am Abende seines Lebens sehen, wie Herzog Bertold und Welf — Leute, welche man als die eifrigsten Ver-
fechter des Papsttums betrachtete — mit dem Kaiser ihren
Frieden machten und der Schismatiker Friedrich von Hohenstaufen als Herzog in Schwaben anerkannt wurde. Und in
den Klöstern selbst schien die so vielgepriesene strenge Zucht
zu erlahmen[1]. Abt Hugo von Verdun klagt[2]), daß in allen
Klöstern die Mönche sich gegen die Äbte auflehnen. Und
Bernold mußte in seinem Kloster Ähnliches erleben. Schon
1093 klagt er, daß nicht alle Mönche zu Schaffhausen sich
frei von dem Umgange mit Exkommunizierten hielten. Mit
dem Tode des Abtes Sigfried (1096) brach eine schreckliche
Verwirrung dort aus. Der Nachfolger Gerhard wurde von
den Mönchen förmlich vertrieben[3]). Dazu verließen nicht
wenige Mönche das Kloster, das Kirchengut wurde an die
Weltlichen verschleudert. Auch Kämpfe mit den benach-

---

1) Bernold berichtet chron. 1094, daß der Kleriker Hermann von Reichenau erschlagen worden sei, dum ad ecclesiam
orandi causa ire vellet. — Ebenso zum Jahre 1100, daß der
Abt Manegold von St. Georgen durch seine eigenen Mönche erschlagen worden sei.

2) Chron. Monte Cass. IV, 78.

3) Bernold sagt zwar 1098, der Abt Gerhard habe mit
Bewilligung des Papstes seinen Abschied genommen, jedoch lesen
wir gleich darauf: monachi ... eum .... non tam dimiserint
quam expulerint.

barten Großen blieben nicht aus, sodaß lange kein Abt eingesetzt werden konnte[1]).

Einen Mann von so streng kirchlicher Richtung wie Bernold mußten solche Zustände, wie sie selbst in seiner nächsten Umgebung sich ereigneten, mit tiefem Schmerz erfüllen. Die letzten Partien in seiner Chronik, welche er kurz vor seinem Tode niederschrieb, zeigen uns seine bittere Stimmung deutlich: iam multum pene ubique sententia excommunicationis cepit tepescere, ut etiam quidam religiosi, qui usque ad hoc tempus in illa causa erant ferventissimi, a catholicis discederent et inter excommunicatos promoveri non timerent.

Am 16. Sept. 1100 ist Bernold zu Schaffhausen gestorben. Mit dem Mönche Adalbert[2]) soll er im Kreuzgange links von der Thür, wenn man aus dem Münster geht, in einem Grabe zusammen bestattet sein[3]). Seine Chronik hat er diesem Kloster, in welchem er den Rest seines Lebens zugebracht hat, gewidmet[4]).

___

1) cf. über diese Vorgänge den Bericht chron.. 1098.
2) Nach Bernolds Chronik und Nekrolog 3. Dez. 1079 bereits gestorben.
3) Nach msc. opsc. der Schaffh. Chronik des 14. Jahrh. (s. Uss. II, p. XVIII) ist der 16. Sept. (16. Cal. Oct.) als Todestag angegeben. Wir haben keinen Grund, diese Notiz zu bezweifeln. Denn die letzte Eintragung ist Aug. 1100 (Tod Ottos von Straßburg, gest. 3. Aug.) erfolgt. Den Tod Wiberts (Sept. 1100, s. J. R. I$_2$ p. 665) hat er nicht mehr gebucht. Von diesem Ereignis hat er sicherlich keine Kunde mehr erhalten, sonst hätte er es gewiß eingetragen.
4) Mon. Germ. V, 400: haec sunt chronica Bernoldi, quae contradidit monasterio domni Salvatoris.

II. Bernolds kirchenpolitische Schriften und Abhandlungen.

Indem wir nun zu einer Betrachtung der Werke Bernolds übergehen, sollen zunächst die sogenannten opuscula[1]) einer eingehenden Untersuchung unterzogen werden. Sie geben uns so recht deutlich das Bild dieses Mannes, wie er mit unermüdlicher Kraft und stets sich gleich bleibendem, mutigem Eifer für die Sache Roms die Feder führt. Und wenn man mit Recht behauptet, daß Bernold zu den leidenschaftlichen Parteimännern Roms gehört, die Streitschriften werden uns darüber aufklären, was unsern Autor in diesen Gegensatz zur Sache des Kaisers brachte. Aber auch sonst diese Traktate nicht zu unterschätzen. Unstreitig bilden sie einen wichtigen Bestandteil der deutschen Streitschriftenlitteratur der Epoche des Investiturstreites.

In jenen Tagen des Kampfes stritt man nicht nur mit dem Schwerte, sondern man stellte auch Erörterungen über Rechtmäßigkeit der Ansprüche, welche von beiden Seiten erhoben wurden, an. Auch Bernold ist öfter mit Klerikern

---

1) So pflegt man gewöhnlich alle Bernoldschen Schriften mit Ausnahme der Chronik zu bezeichnen. Ich behalte im folgenden diesen Ausdruck bei. — Ussermann in seinem Prodr. zählt im ganzen 17 opsc. Ich scheide davon das II, 414 aufgeführte opsc. XVI aus. Es ist dieses eine Canonessammlung, welche sich zwar in dem Codex des 12. Jahrh. mitten unter einer Reihe Bernoldscher Schriften befindet, die ich aber nicht unserm Mönche ohne weiteres zuschreiben kann. Es sind dieses nur Abschriften von Canones ohne verbindenden Text, sodaß wir nicht einmal imstande sind, aus dem Stile auf den Verfasser zu schließen. Auch sonst fehlt jeder Anhaltspunkt. — Dagegen werde ich das bei Uss. II, 396 aufgeführte Fragment als ein besonderes opsc. Bernolds anführen. Unstreitig haben wir es hier mit einem Teile aus einem verloren gegangenen Werke Bernolds zu thun.

zusammengetroffen und hat mit ihnen über diese Fragen disputiert[1]). Ist dabei irgendwie eine Meinungsverschiedenheit geblieben, so griff er, in seiner Zelle angelangt, zur Feder und suchte aus den Canones der Vergangenheit nachzuweisen, daß die Kirche zu diesen Forderungen an Kaiser und Reich berechtigt sei. Oft hat er auch im Briefwechsel mit andern Klerikern die Fragen der Zeit erörtert[2]). Wir müssen nur bedauern, daß uns so manches, worauf er an verschiedenen Stellen seiner Schriften hinweist, verloren gegangen ist. Gewiß ist nur ein Teil seiner Schriften und Briefe auf uns gekommen. Müssen wir nun auch in allen diesen litterarischen Produkten unseres Autors die große und umfassende Kenntnis der Kirchenbeschlüsse, sowie die Sicherheit und Genauigkeit, mit welcher er dieselben verwertet, bewundern und anerkennen, so haftet auch seinen Arbeiten ein Mangel an, welcher durch die gesamte Streitschriftenlitteratur dieser Epoche geht: nämlich dadurch, daß man immer nur Canones und Stellen aus den Kirchenvätern heranzog, leiden diese Schriften sehr an Eintönigkeit und werden durch die gehäuften Belegstellen, in welchen der Kleriker gern sein Wissen zur Schau zu bringen suchte, oft unendlich lang und breitspurig. In Bernolds Arbeiten hat selbst der verhältnismäßig gewandte und glatte Stil, durch welchen er sich vor seinen Zeitgenossen auszeichnet, diesen Übelstand nicht überwunden.

Die nun folgende Betrachtung der opuscula wird das Hauptgewicht darauf legen, einerseits eine möglichst

---

1) Uss. II, 241: **Cum proxime simul essemus . . . . . aliquantulum . . . dissensimus.** Ähnliche Wendungen desselben Inhaltes: II, 368; II, 370 u. a. a. O.

2) Die bei Uss. als opsc. I, II, V, VI, IX, X, XI (eine Anfrage der Mönche des Klosters Raitenbuch), XII aufgeführten Abhandlungen.

genaue Abfassungszeit der einzelnen Schriften[1])
zu erzielen, zum andern Bernolds Stellung zu den
damals die Welt bewegenden Fragen charakteristisch hervorzuheben.

a) Bernolds Jugendschriften (1074—1076).

Die erste der uns erhaltenen Streitschriften Bernolds ist
eine sehr heftige Brieffehde mit dem Presbyter[2]) Alboin über
den Cölibat der Priester. Beide sind zusammengewesen und
haben ‚de canonum sanctionibus‘ eine Unterredung gehabt.
Dabei ist man auch auf das dritte Kapitel des Konzils von
Nicäa zu sprechen gekommen, welches den Klerikern das
Zusammenwohnen mit Frauenspersonen nur aus der nächsten
Verwandtschaft gestattet[3]). Gestützt auf diese Stelle, ist Bernold gegen die Priesterehe aufgetreten, während Alboin eine
Stelle der historia tripartita betont hat, nach welcher Paphnutius auf demselben Konzil die licentia errungen habe,
ut (sacerdotes) dormirent cum uxoribus suis[4]). Hierdurch
ist es zu Meinungsverschiedenheiten zwischen beiden über

---

1) Sehr mangelhaft und zum großen Teile falsch sind die
Datierungen bei PERTZ, Mon. Germ. scrpt. V, 385 ff.

2) Daß Alboin Presbyter ist, lesen wir in seinem ersten
Antwortschreiben: ne plus, quam deceat presbyterum, arguar
progredi.

3) Uss. II, 241: ne clerici debeant habitare cum feminis
nulla consanguinitate propinquis. — Nach MANSI, acta conc.
II 953, lautet der Canon: decernimus, ut episcopi non habitent
cum mulieribus; neque presbyter, qui viduus est . . . . . . Sin
autem fuerit anus et provectae aetatis, aut soror, aut mater,
aut amita, aut avia, licebit cum eis habitare, quia tales per-
sonae alienae sunt a scandalo suspicionis. — Dieses übrigens
canon IV des Nic. Konzils, nicht, wie Bernold sagt, can. III.

4) Hist. trip. (bei Uss. II, 238): Paphnutius . . . . . con-
gressum viri cum uxore sua castitatem esse dicens . . . .
Synodus vero consilium eos probavit. — Über Paphnutius siehe
HERZOG, Real-Encykl. IX, 194.

den Cölibat gekommen, welche nicht ausgeglichen wurden.
Bernold greift nun — fest durchdrungen von der Überzeugung, daß der Canon des Nicänischen Konzils allein maß-
gebend sei — zur Feder, um die Richtigkeit dieser seiner
Behauptung Alboin gegenüber zu beweisen. Damit ruft er
aber zugleich einen Streit hervor, welcher in der Heftigkeit,
mit welcher er geführt wurde, deutlich erkennen läßt, wie
gewaltig in diesen Fragen damals die Gemüter aufeinander
platzten. Von einer regelrechten Beweisführung ist hier sehr
wenig bemerkbar; der ganze Streit artet vielmehr sogleich
mit der höchst stümperhaften und im schlechtesten Latein
geschriebenen Antwort Alboins [1]) in ein gegenseitiges
Schimpfen aus.

UssERMANN setzt diesen Briefwechsel in das Jahr 1076,
andere sind ihm darin gefolgt [2]). Ich glaube jedoch, daß
eine genauere Betrachtung dieses Briefwechsels zu anderen
Resultaten gelangen muß. Gehen wir daher auf den Inhalt
der Briefe etwas näher ein.

Bernold greift nach den einleitenden Worten Alboin gerade nicht schonend an, daß er die Stelle des Paphnutius
in der hist. trip. dem Canon des Nicänischen Konzils gegen-
überzustellen wage [3]). Er erinnert ihn an den Apostel Petrus,
welcher schon den Laien befohlen habe, sie sollten sich von
ihren Frauen fernhalten, wenn sie beten wollten [4]). Wieviel

---

1) litterae .... tuae .... tam male tornatae, sagt Bernold
im zweiten Briefe p. 249.
2) GiesEDR. III, 1034. — PERTz, Mon. V, 385.
3) minus considerate idem ipsum capitulis Nic. concilii ad-
numerasti. — Ebenso: non parum doleo de te, tantae indolis
viro, in sacris litteris erudito, quod hoc .... concilio .....
assignare non dubitasti. p. 241.
4) ut parcant uxoribus suis, ne impedirentur orationes
eorum. ib.

mehr sei dieses den Geistlichen verboten, welche täglich das
officium orandi hätten? Auch auf andere Fälle verweist er
ihn[1]). Dies müßte Alboin genügen! Jeder, welcher Alboins
ketzerischer Auffassung folge, sei anathemate damnatus! Was
überhaupt die hist. trip. angehe, so sei ihr Wert den Synodal-
beschlüssen nicht gleichzuachten[2]); auch habe Papst Gelasius
gerade diese Stelle verworfen[3]). Daher ermahnt ihn Bernold
dringend, von dieser Ansicht zu lassen, damit er nicht dem
Anathem Gregors I.[4]) verfalle.

Betrachten wir nun diesen Brief im allgemeinen, so ist,
wenn man behauptet, daß dieser ganze Briefwechsel in das
Jahr 1076 zu setzen sei, ein Umstand höchst auffällig. Wenn
nämlich Bernold beabsichtigte, durch Belegstellen Alboin von
seiner falschen Meinung abzubringen, warum holt er nur
Beweise aus den ersten Jahrhunderten der Kirchengeschichte
für den Cölibat heran, und warum erwähnt er mit keinem
Worte die 1075 auf der Fastensynode in Rom erlassenen
Beschlüsse gegen die Priesterehe[5])? Mit einem Schlage
hätte er doch seinen Gegner besiegen können. Man wende

---

1) p. 244: **Erlaß Gregors I.** an die Sicilier: ut nullus episcopus .·..... diaconum ordinare,praesumeret, nisi qui se caste
victurum promisisset. Ähnliches der Brief an den Bischof von
Catana: p. 244.

2) p. 245 n. 12.

3) ib. historiam ...... respuendam in hoc capitulo ....
monstravit.

4) Es ist hier selbstredend Gregor I., nicht etwa Gregor VII.
gemeint, wie überhaupt diese ganze Ausführung auf Ereignisse
und Beschlüsse der früheren Jahrhunderte zurückgeht.

5) Abgedruckt bei Mansi XX, 408 und 433; Jaffé, Regesten I₂, p. 612; Bernold, chron. 1075. Ebenso die Briefe
an Sigfrid von Mainz (J. R. 4931), Wezilo von Magdeburg (J. R.
4932), Otto von Konstanz (J. R. 4933); — siehe auch J. Reg.
II, 63, 66, 67, und ep. coll. 3, 4, 5. — Gies. Münch. hist.
Jahrb. 1866 p. 126 ff.; Melzer, Gregor VII. und die Bischofs-
wahlen p. 203.

2*

nicht ein, daß diese Beschlüsse, welche soeben erst in Rom
gefaßt waren, vielleicht noch nicht solche Kraft und Bedeutung gehabt hätten — im Gegenteil, sie haben heftigen
Widerspruch in Deutschland gefunden[1]). Bernold hat sogar,
wie wir gleich sehen werden, im Jahre 1076 in einer besonderen Abhandlung die Beschlüsse der Fastensynode von
1075 verteidigt[2]), damit nicht andere sich den Gegnern an-
schlössen und somit von der Exkommunikation betroffen
würden. Aber kein Wort vernehmen wir hierüber in dem
Briefe an Alboin, erst in den späteren Briefen werden sie
erwähnt[3]).

Ist es daher sicher, daß dieser Brief vor die Fastensynode 1075 fallen muß, so wird es durch das Antwortschreiben, welches wir in den Anfang 1075 zu setzen haben,
wahrscheinlich, daß Bernolds Schreiben sogar in die letzten
Monate 1074 zu setzen ist. In diesem Antwortschreiben be-
dauert zunächst Alboin, daß es ihm unmöglich gewesen wäre,
Bernolds Schreiben bei Zeiten zu beantworten[4]). Auf der
einen Seite mache ihm dieses eine confratrum antiquitus
instituta orandi conditio unmöglich, sodann haben — und
dieses ist für die Datierung von großer Wichtigkeit — die
Arbeiten für die Ausrüstung zu dem bevorstehenden Feld-
zuge[5]) ihn so in Anspruch genommen, daß es ihm nicht

---

1) Uss. II, 271 (Apologie für die Dekrete): plures restant,
qui eisdem statutis obstinato animo . . . . resistunt.
2) Bei Uss. II, 271—310 als opsc. IV.
3) Zweites Antwortschreiben Alboins (p. 255 n. 2) und der
darauf folgende dritte Brief Bernolds an diesen (p. 268 n. 21
u. 22).
4) impediente variarum rerum instantia, neque locus neque
tempus datur . . . . ad pauca . . . . respondendi. p. 247. Es liegt
also zwischen Bernolds Brief und der Antwort Alboins eine ge-
raume Zeit.
5) nostri senioris in expeditionem eundi ornatio, ib.

möglich gewesen sei, früher zu schreiben. Der Feldzug, von
dem Alboin hier spricht, ist kein anderer als der damals geplante Zug des Kaisers gegen die Sachsen. Wir wissen, daß
der Kaiser sich damals besonders in Schwaben[1]) aufhielt,
daß er Weihnachten 1074 in Straßburg von vielen deutschen
Reichsfürsten umgeben war, daß er mit ihnen über den bevorstehenden Sachsenkrieg verhandelt und besonders bei dem
Schwabenherzoge bereitwillige Unterstützung gefunden hat[2]).
Während der Monate Januar, Februar, März wird man dann
mit den Rüstungen begonnen haben, damit das Heer zur
rechten Zeit am Sammelplatz eintreffen konnte[3]). Nachdem
die ersten größeren Arbeiten zu den Rüstungen überstanden
waren, wird Alboin sich an die Beantwortung gemacht haben[4]).
Dieselbe ist ziemlich kurz gehalten und enthält eigentlich
nichts als Grobheiten. Alboin verwahrt sich zunächst entschieden dagegen, daß er den durch die Kirche sanktionierten
Canones widersprochen habe[5]). Er will vielmehr deren Durchführung[6]). Jedoch erklärt er Bernolds ganze Ausführung
über den geringen kanonischen Wert der hist. trip. für Possen[7]).

---

1) KILIAN, Itinerar H. IV.: 26. Nov. 1074 in Regensburg;
über Augsburg, Reichenau nach Straßburg; 25. Dez. daselbst
das Weihnachtsfest gefeiert; 2. Febr. 1075 Augsburg; 5. April
Worms.

2) LAMBERT, Bertold, Bernold z. d. J. 1074 und 1075;
Bruno c. 35 ff.

3) Bei Breitenbach an der Fulda (ib.).

4) Daß die Rüstungsarbeiten noch nicht beendet waren,
als Alboin schrieb, geht aus p. 247 n. 1 hervor: inter haec
omnia, veluti ne dedignando videar tui dicta, operam dare
volo respondere tibi vel ad aliqua.

5) p. 247: Me . . . . . canonicis institutionibus decretisve
reclamasse nullatenus consentio.

6) Hoc firmando firmatum iri desidero. ib.

7) Nugae! aut fabulam te narrare putas surdo, aut quaeris
nodum in scirpo (= du suchst Schwierigkeiten, wo keine sind).

Er, Bernold, solle überhaupt in dieser Frage den Mund nicht
so sehr aufthun, denn erstens stamme er selbst aus einer
Priesterehe[1]), zum andern zieme es sich nicht für einen
jungen Menschen, so aufzubrausen gegen einen an Jahren
gereifteren Mann[2]).
Offenbar hat mit der Berührung der Eltern Alboin seinen
Gegner an einer verwundbaren Stelle getroffen. Denn dem
darauf folgenden Briefe merkt man es in dem ganzen Tone
an, daß Bernold tief gekränkt ist. Nichtsdestoweniger hat
der Vorwurf Alboins, daß es einem jungen Manne wie Bernold nicht anstehe, so hoch aufzufahren, seine Wirkung nicht
verfehlt. Maßvoller ist dieser zweite Brief Bernolds entschieden gehalten. Er verteidigt sich hauptsächlich gegen
die Vorwürfe seiner Geburt. Der Sohn habe nicht das Vergehen des Vaters zu tragen, zumal der Vater für die be-
gangene Schuld die erforderliche Buße gethan habe[3]). Im
übrigen bringt Bernold noch einmal ausführlich die Beweisführung über die vorliegende Streitfrage.

Was die Frage über die Abfassung dieses Schreibens
betrifft, so nehme ich an, daß dasselbe dem Briefe Alboins
sogleich gefolgt ist. Denn einerseits ist es natürlich, daß
Bernold gegen den Vorwurf seiner Geburt sofort sich ver-
teidigte, anderseits wird aber auch hier — und das ist die
Hauptsache — in der ausführlichen Beweisführung über den
Cölibat nicht der Canones der Synode von 1075 gedacht.
Auf dieselben kommt Alboin in dem nun folgenden zweiten

---

p. 248. — B. Ausführungen nennt er geradezu dummes Zeug:
si tu ita pergis perplexa loqui. ib.
    1) p. 248 vergleiche mit p. 4, Anmerkung 1.
    2) p. 248.
    3) II, 253: .... patris peccatum iamdudum ...... per
poenitentiam annihilatum. Ferner ib.: filius non portabit in-
iquitatem patris.

Antwortschreiben auf Bernolds Brief indirekt zu sprechen[1]).
Bernolds zweiter Brief kann danach nicht später als Anfang
des März — die Fastensynode war 22.—28. Februar — geschrieben sein.

Inhaltlich bringen die nun folgenden Briefe nichts Neues.
Bernold hat auf die Antwort, welche ihm Alboin auf seinen
zweiten Brief gesandt hat, noch ein drittes Schreiben verfaßt, worin er erklärt, daß er an seinen Ausführungen fest-
halte, da er durch nichts widerlegt sei[2]). Er verweist mit
Entschiedenheit auf die Befehle Roms in neuester Zeit[3]) und
besonders auf die Beschlüsse der Synode von 1075[4]). Er
ermahnt Alboin umzukehren, damit er nicht dem Anathem
Gregors[5]) verfalle, und er hält ihm das Geschick des exkommunizierten Bischofs von Speier dabei vor Augen[6]) mit
den Worten: Das dir jeth alsamo beschehe!

Dieser dritte Brief Bernolds ist nach des Verfassers
eigener Angabe[7]) 1076 verfaßt. Es fragt sich nur: zu welcher

---

1) Ich sage, „indirekt" kommt Alboin darauf zu sprechen;
denn er citiert die Beschlüsse nicht, sondern sagt nur allgemein:
nimis ac nimis temeraria nostri temporis prohibitio (nämlich
der Priesterehe) non ex omni parte beata videri potuit. p. 255
n. 2. Unzweifelhaft sind die Fastenbeschlüsse gemeint, wie
auch die Antwort Bernolds p. 261—262 n. 9 beweist (siehe
Anmerkg. 4 unten).
2) p. 259—260 n. 1—4.
3) p. 261 n. 8: Iustissime .... generalia ipsius (nämlich
Gregor I.) et reliquorum patrum decreta generaliter hoc tempore
iubemur observare.
4) p. 261 u. 262 n. 9: .... nunquam domini apostolici
(Gregor VII.) sententiam ..... vocasses temerariam, quae tamen
simoniacos et incontinentes presbyteros a pernicioso sibi officio
separarat.
5) p. 268 n. 21: volo te scire, quod nec moderni Gregorii
anathema tibi deerit.
6) ib. n. 22: damnationem Spirensis episcopi .....
7) ib. n. 22: in praeterito anno, qui est ab incarnatione
Domini 1075, ...

Zeit? Und da können wir sicher den Anfang dieses Jahres ansetzen. Denn die Beschlüsse der Fastensynode 1076 sind Bernold offenbar noch nicht bekannt gewesen. Sonst hätte er sich wohl nicht darauf beschränkt, die Absetzung des Bischofs von Speier allein als abschreckendes Beispiel anzuführen.

Auf diesen Brief folgt dann eine Antwort Alboins, welche sehr kurz gehalten und völlig einlenkend ist[1]). Er bittet um Verzeihung, wenn er zu scharf gewesen sein sollte[2]).

In dieser hitzigen Fehde auf einmal ganz plötzlich diesen Ton des Friedens und der Nachgiebigkeit zu finden, überrascht sehr. Was hat Alboin dazu bewogen? Offenbar die Synodalverhandlungen zu Rom 1076 und ihre Beschlüsse, durch welche neben mehreren Bischöfen auch Otto von Konstanz, auch Sigfrid von Mainz, ja selbst der König exkommuniziert wurden. Alboin ist durch diese Vorgänge eingeschüchtert worden; er giebt nach, wenngleich wir in seinem Briefe vergebens die Erklärung suchen, daß ihn Bernolds Ausführung von der Unhaltbarkeit seiner Ansicht überzeugt hätten.

Wir erhalten somit folgende Datierungen:

1. Brief Bernolds: Ausgang 1074.
1. Antwortschr. Alboins: Ende Januar bis Ende Februar 1075.
2. Brief Bernolds: vor dem Bekanntwerden der Beschlüsse 22.—28. Februar 1075.
2. Antwortschr. Alboins: während des Jahres 1075.
3. Brief Bernolds: Anfang 1076.
3. Antwortschr. Alboins: nach Februar 1076.

---

1) p. 269: omne nostrum negotium vertatur in bonum et honestum .... Conemur, uti par amicitiae invicem generare videamur.
2) ib.: ... utcunque res se habeat, fervida vis charitatis ..... in aeternum et ultra permaneat.

Bernold hatte in dem Streite mit Alboin über den Cölibat recht behalten. Die Beschlüsse der Fastensynode 1075
waren seinen Ausführungen sehr zu statten gekommen, Alboin hatte eingelenkt und sich gefügt. Aber seine Feder
ruhte nicht. Er sah, auf welchen Widerstand diese ein-
schneidenden Beschlüsse des Papstes überall in Deutschland
stießen, daß man auf der einen Seite ebenso entschlossen
war, sie zurückzuweisen, als man auf der andern Seite darauf bestehen wollte, sie durchzuführen. Und da nun auch
in diesen Beschlüssen das Volk aufgefordert wurde, dem
Gottesdienste der widerspänstigen Kleriker fern zu bleiben[1]),
so setzte jetzt Bernold hier den Hebel ein. Er trat mit
einer großen Verteidigungsschrift, einer Apologie für die Dekrete Gregors VII. auf. Suchte man von gegnerischer Seite
die Fastenbeschlüsse zu entkräften und das Volk zur Nicht-
beachtung derselben fortzureißen, so suchte Bernold durch
diesen Traktat dem Volke und allen denen, welche nicht in
der Lage waren, die Gesetzmäßigkeit dieser Beschlüsse aus
den Schriften der Kirche zu prüfen, nachzuweisen[2]), daß diese
Dekrete den bisherigen Lehren der Kirche durchaus nicht
zuwiderliefen[3]).

Bernold giebt uns zunächst den Wortlaut des Briefes
wieder, in welchem der Papst den Bischof Otto von Konstanz
auffordert, diese Beschlüsse in seiner Diöcese bekannt zu

---

1) Uss. II, 272: ut populus eorum officia nullo modo re-
cipiat.

2) II, 271: Sed plures adhuc restant, qui eisdem statutis
obstinato animo . . . . . resistunt, qui et alios simpliciores, quippe
non multum studiosos ad considerandos canones, a deo seducunt,
ut et ipsi praedictas authenticas sanctiones contemnant.

3) ea intentione, ut . . . . evidenter videat, haec eadem nullatenus a sacratissimis canonibus deviare, sed cum eisdem ex
ipsa sacra scriptura processisse. ib.

machen und für die Durchführung derselben Sorge zu tragen[1]).
Sodann sucht er nachzuweisen, daß jeder einzelne Satz dieser
Dekrete schon in früheren Jahrhunderten besprochen und
durch Synodalbeschluß bekräftigt worden sei, daß Gregor VII.
nur Altes erneuert und von neuem bekräftigt habe[2]). Es
kann selbstverständlich nicht meine Aufgabe sein, den Inhalt
dieser sehr ausgedehnten Abhandlung hier näher zu erläutern.
Die umfassende Kenntnis der kirchlichen Beschlüsse jeder
Art, sowie ihre nicht ungeschickte Verwertung an den einzelnen Stellen verdient gewiß unsere volle Anerkennung. Für
uns ist es von Wichtigkeit zu erfahren, welche Stellung unser
Autor in diesen Jahren zu Rom, überhaupt zu den Forderungen der Kirche einnahm, und dieses charakteristisch hervorzuheben.

Rom als das Oberhaupt der Kirche hat freie Verfügung
über die Gesamtkirche. Der Papst verfügt über die Ein-
richtungen nach eigenem Gutdünken, d. h. er kann sie ändern,
je nachdem es die Umstände erfordern[3]). — Wer den Beschlüssen der Kurie entgegenhandelt, wird ohne Anstand abgesetzt, nur in zweifelhaften Fällen darf noch eine Untersuchung eingeleitet werden. Jedoch darf auch in diesen
Fällen das Machtwort des Papstes allein entscheiden[4]). —
Jeder Diener der Kirche hat dem Papste mehr Gehorsam
zu erweisen als seinem nächsten Vorgesetzten. Exkommuniziert der Papst einen Prälaten, so haben dessen Untergebene

1) Uss. II, 272.
2) p. 271: quam parum, vel potius, quam nihil noster
apostolicus in praedictis statutis deviet a sanctis patribus. S.
Ähnliches p. 310 in den Schlußsätzen.
3) II, 306: apostolica sedes ex divina confessione hunc
semper obtinuit et obtinebat primatum, ut totius mundi ecclesias
non solum antiquis institutis, sed etiam novis disponat, prout
diversorum necessitas temporum expostulat.
4) II, 306 f.

mit aller Kraft gegen denselben aufzutreten und den Befehlen des Papstes Anerkennung zu verschaffen[1]). Ebenso hat kein Bischof das Recht, einen vom Papste exkommunizierten und ihm unterstellten Kleriker wieder in die Kirchengemeinschaft aufzunehmen ohne Bewilligung des Papstes[2]). — Außerdem erklärt Bernold an mehreren Stellen[3]), daß diese Erlasse des Papstes von der Fastensynode im Vergleiche zu früheren Erlassen noch milde seien. Während man früher die Widerspänstigen einfach abgesetzt habe, wolle Gregor sie nur zeitweilig vom Amte suspendieren.

Es bleibt uns jetzt noch übrig nachzuweisen, wann die Abhandlung geschrieben ist. Die Frage ist nicht schwer zu beantworten. Der Traktat fällt in das Jahr 1076[4]). Bernold sagt in den ersten Abschnitten seiner Apologie ganz deutlich, daß er erst nach Beendigung des Briefstreites mit Alboin diese Abhandlung verfaßt habe[5]). Sodann haben wir auch einen terminus ad quem in derselben. Es giebt uns nämlich das 22. Kap. (p. 306) des Traktates den sicheren Beweis, daß wir hier eine Schrift vor uns haben, welche unbedingt früher verfaßt sein muß als der sogleich zu besprechende Briefwechsel Bernolds mit seinem Lehrer Bernhard. Es sagt nämlich Bernold in diesem 22. Kap., daß alle publici contemptores päpstlicher Erlasse ohne Aufschub zu exkommuni-

---

1) p. 307—309.

2) p. 309.

3) p. 279 (unten); p. 280; p. 303; p. 306.

4) Uss. setzt denselben ohne Grund in das Jahr 1078, Pertz (Mon. V, 386) in das Jahr 1077. Schulzen, dessen Datierungen der opsc. sehr oberflächlich sind, nimmt 1077 oder 1078 als Zeit der Entstehung an.

5) p. 271. — Ebenso p. 287: quibus licet superior epistolarum assertio sufficere debeat . . . . .

zieren seien[1]), nur in zweifelhaften Fällen[2]) dürfe ein Aufschub stattfinden. Über diese Auffassung müssen aber bald darauf Bernold Bedenken gekommen sein, denn er wendet sich an seinen früheren Lehrer Bernhard und bittet um dessen Ansicht über diesen Punkt. Da werden wir nun sehen, daß durch die Ausführungen Bernhards die schwebende Frage, wenn sie auch im Grunde bestehen bleibt, doch wesentlich modifiziert wird[3]). Bernold schließt sich der Auffassung seines Lehrers im wesentlichen an. Diese Korrespondenz zwischen Lehrer und Schüler, welche wir nun zu betrachten haben, fällt in das Jahr 1076, folglich ist auch dieser vorliegende Traktat 1076 verfaßt.

Mit seinem früheren Lehrer Bernhard, wie soeben angedeutet, eröffnete Bernold 1076 einen Briefwechsel, in welchem er denselben um seine Meinung über verschiedene Punkte der neuen Bestimmungen Gregors bat.

Was zunächst die äußere Form, besonders die Überschriften dieser Briefe betrifft, so scheint es, als ob die ganze Korrespondenz mehr zwischen Adalbert und Bernhard stattgefunden, als ob Bernold nur eine untergeordnete Rolle dabei gespielt habe. Jedoch haben wir hier, schon wenn man die ersten Sätze liest, durchweg den bekannten Stil Bernolds vor uns. Es ist Bernolds freie Arbeit, welche vielleicht hier und da durch die Auffassungen des an Jahren viel älteren

---

1) Uss. p. 306: Incassum publici contemptores apostolicae institutionis inducias suae damnationis a nostro apostolico quaerunt.

2) ib.: in dubiis rebus, licet veris nondum publicatis necessario conceduntur induciae . . . . . .

3) Außerdem berichtet Bernold in seinem zweiten Briefe an Bernhard p. 215: Tractatum vestrum . . . . ita expressum . . et nos postea in quodam libello reperimus, wodurch er bestärkt ist, den Ausführungen seines Lehrers zu folgen.

und erfahreneren Adalbert beeinflußt sein kann. Daß Adalbert so in den Vordergrund tritt, sind nur Rücksichten der Pietät, welche einerseits Bernold dem an Jahren gereifteren Manne entgegenbrachte, andererseits mußte von seiten Bernhards dasselbe geschehen, da Adalbert früher der Lehrer desselben in Konstanz gewesen war[1]).

Die Korrespondenz ist, wie sie uns heute vorliegt, unvollständig. Auf den ersten Briefwechsel ist ein zweiter Brief Adalberts und Bernolds an Bernhard abgesandt worden, die Antwort auf denselben fehlt. Wir wissen nur aus einem späteren Schreiben Bernolds an Bernhard[2]), daß eine Einigung über die Frage der Sakramente und ihre Kraft, wenn sie von Exkommunizierten gespendet werden, nicht erzielt worden ist[3]). Außerdem treten beim Lesen dieser Briefe gewisse Bedenken hervor, welche die Vermutung zulassen, daß dieselben uns nicht ganz wortgetreu überliefert sind. Abgesehen davon, daß der erste Brief auf p. 188 sehr kurz abbricht, auch die sonst üblichen Grußformeln, wie wir sie z. B. am Schlusse des zweiten Bernoldschen Briefes sehen, ganz fehlen, finden wir in dem Antwortschreiben Bernhards Citate aus dem ersten Schreiben[4]) Bernolds, welche

---

1) Uss. II, p. 213 n. 44: Mit sehr schwülstigen Worten preist Bernhard hier seinen früheren Lehrer: quod ego digitis tuis . . . . . distillando myrrham mihi quid agendum praescribentibus non oboedivi.

2) Bei Uss. II, p. 230 ff. als opsc. II abgedruckt.

3) ib. p. 230: de sacramentis excommunicatorum . . . . . ad invicem scripsimus, nec tamen eo tempore aliquam certitudinem invenire potuimus. — Der Grund lag darin, daß Bernhard zu schroff gegen die Exkommunizierten vorgegangen wissen wollte: chron. 1091 (Mon. V, p. 451): (Bernhardus) . . . . in scriptis nimio zelo ductus alicubi modum excessisse notatur, videlicet ubi agit de sacramentis schismaticorum.

4) S. p. 30 u. 31 dieser Ausführung.

wir vergeblich darin suchen. Aber auch Bernhards Schreiben enthält, wie wir sehen werden, eigentümliche Unrichtigkeiten inbezug auf lokale Dinge, welche schwerlich auf dessen Unkenntnis zurückzuführen sind.

Gehen wir nun auf die einzelnen Briefe ein. Bernold will von Bernhard über zweierlei Dinge Auskunft haben. Erstens soll er ihm: de iudicio domini apostolici super publicos et contumaces proscriptores berichten, ob darin etwas den bisherigen kirchlichen Auffassungen zuwiderlaufe. Das Verfahren des Papstes, wonach die offenkundigen Übertreter ohne Aufschub und ohne Verhör [1]) zu bestrafen seien, dagegen in zweifelhaften Fällen [2]) ein Termin anzusetzen sei, damit die Verklagten sich zur Verteidigung rüsten können — dieses Verfahren Gregors VII. sei seiner Ansicht nach mit der kirchlichen Anschauung im Einklange. Der Papst habe daher auch ganz richtig, dem Gesetze der Kirche entsprechend ohne Verhör Strafen verhängt[3]). Zum zweiten wünscht Bernold de confectione sacramentorum a simoniacis, seu a quibuslibet excommunicatis usurpatorum etwas Näheres von Bernhard zu erfahren.

In seiner Antwort giebt nun Bernhard die beiden soeben lateinisch aufgeführten Stellen wörtlich wieder mit dem eingefügten: ut tua ipsius verba ponam[4]). Da muß es nun aber befremden, wenn wir p. 196 auf eine Stelle stoßen, wo Bernhard sagt: gegen den Papst erhebe man ein Geschrei,

1) Uss. p. 187: nusquam legimus inducias . . . . . esse concedendas.

2) ad dubias . . . res discutiendas induciae leguntur concessae, ut accusati se contra accusatores suos possint praeparare. ib.

3) Es geht dieses auf die Absetzungen der Synode 1076, wodurch die Diskussion über dieses Vorgehen des Papstes, ob es berechtigt sei oder nicht, sehr lebhaft in Schwung kam.

4) II, 189 n. 2; II, 200 n. 23.

quod ipse eos, ut tuo verbo utar, proscripserit tyrannice,
non ecclesiastice. Nichts von allem diesen, nicht einmal die
geringsten Anhaltspunkte, wo vielleicht diese Worte gestanden
haben könnten, finden wir in dem Schreiben Bernolds an
Bernhard. Aus diesem Umstande, verbunden mit der schon
p. 29 angedeuteten, fremd klingenden Kürze am Schlusse, erscheint ein Zweifel an der wortgetreuen Überlieferung dieser
Briefe gerechtfertigt.

Über zwei Punkte also haben Adalbert und Bernold von
Bernhard Aufschluß erbeten. Letzterer antwortet mit einer
langen Abhandlung. Inbezug auf die erste Frage weist er
nach, daß der Angeklagte stets vor Gericht zu erscheinen
habe, um sich zu verteidigen gegen die erhobenen Vorwürfe.
Bleibt er aus, so gelten die Aussagen der Zeugen[1]). Wenn
jedoch die Schuld des Angeklagten offenbar bekannt ist, so
habe man wiederum zu scheiden[2]): erstens, ob der Angeklagte die gegen ihn erhobene Klage zugiebt und sich als
Sünder bekennt, — oder zweitens, ob der Angeklagte, indem
er das Faktum zugiebt, in Abrede stellt, damit gefehlt zu
haben. In beiden Fällen müsse der Angeklagte vor Gericht
erscheinen. Im ersteren, um sein Urteil zu hören; im zweiten
Falle dagegen sei die Sache entschieden einer Synode zu
unterbreiten, damit der Beschuldigte durch Beweise sich
rechtfertige, beziehungsweise durch Beweise überführt werde[3]).

Bevor Bernhard zur Beantwortung der andern Frage
übergeht, hebt er noch hervor[4]), wie sehr widersprechend
die Urteile über die Rechtmäßigkeit der Thronbesteigung
Gregors seien, und daß es schwer halte, sich bei den so ver-

---

1) II, p. 190—193.
2) p. 193—194.
3) p. 194—195.
4) p. 196—200.

schiedenartigen Ansichten ein richtiges Urteil zu bilden. Von der einen Seite werde er als ein Meineidiger verschrieen, weil er den Primat angetreten habe, bevor der Konsens des Kaisers eingeholt worden wäre[1]). Auf der andern Seite betone man, Rom dürfe der Freiheit der Papstwahl nicht beraubt werden[2]). Er wisse für sich bald keinen Rat mehr. Jedoch wolle er lieber den Satzungen der Kirche treu bleiben, als sich den Ansichten anderer zuneigen[3]).

Zur Beantwortung der zweiten, von Bernold gestellten Frage übergehend, führt Bernhard zunächst aus, was man eigentlich unter einem Simonisten zu verstehen habe[4]). Was dann die Frage angehe, ob diese Simonisten berechtigt seien, die Sakramente auszuteilen, und ob die von denselben ausgeteilten Sakramente die unsichtbare Kraft und Wirkung hätten, so habe man unter ihnen zu scheiden[5]): 1) quorum scelus innotuit; 2) qui etsi accusati necdum tamen manifesti. Von den letzteren können die Sakramente ausgegeben werden. Der Empfänger erleidet keinen Schaden an seiner Seele, wohl aber derjenige, welcher es wagt, sie auszuteilen[6]).

---

1) II, p. 196 n. 17: Dicunt .... Stephanum papam .....
in synodo eius, qui nunc papatum tenet, et omnium, qui aderant, consensu decrevisse, ut regnante Heinrico, quem nunc regem habemus, eius in electione Romani pontificis expectaretur consensus. Testantur ..... quia hic idem papa (Gregor) in eadem verba .... bis iuraverit. Et ex his subiungitur ...... se periurum ..... fecerit. (cf. Papstwahldekret von 1059 bei SCHEFFER-BOICHHORST, die Neuordnung der Papstwahl p. 15.)

2) p. 199 n. 22: .... rationis esse alienum, ut ecclesiarum mater sedes Romana privetur suae electionis arbitrio.

3) p. 200 n. 22: volens funem apostolici potius sequi quam trahere, sedem Romanam veneror ut tribunal Christi ......

4) p. 200—204.

5) p. 201.

6) p. 201 n. 24: ab illis igitur, quorum scelus adhuc oculum hominis latet, credimus posse confici sacramenta aecclesiae.

Was die erste Klasse angeht, so dürften diese keine Sakramente erteilen. Jedoch behält das Sakrament seine Kraft bei demjenigen, welcher es im frommen Glauben, und ohne zu wissen, wer ihm dasselbe austeilt, empfängt[1]). Zwischen beiden Klassen besteht nach Bernhards Ansicht noch der Unterschied, daß man mit den noch nicht abgeurteilten Simonisten verkehren dürfe, um dieselben zur Umkehr zu bewegen[2]), während dieses bei den Exkommunizierten nicht mehr geschehen dürfe. Sodann hebt er noch hervor[3]), daß alle durch Simonisten vorgenommenen sakramentalen Handlungen mit Ausnahme der Taufe[4]) der Erneuerung durch die von der Kirche dazu befugten Personen bedürfen.

Dieses Schreiben Bernhards hat die Empfänger inbezug auf das Gerichtsverfahren gegen alle diejenigen, welche den kirchlichen Satzungen entgegengehandelt haben, befriedigt. Auch hatte Bernold inzwischen in einem Buche über diese Frage dieselben Ausführungen vorgefunden, wie sie Bernhard gegeben hat[5]). Seinen Ausführungen schließt sich Bernold an mit Ausnahme einer ganz geringfügigen Modifikation[6]), welche mehr theoretischer als praktischer Natur ist. Wir sehen also, daß jetzt Bernolds Auffassung in diesem Punkte

---

Sed quamvis nos iuvent per fidem, illos damnant propter praesumptionem.

1) p. 203 n. 28: dico equidem, quia illud ...... alicui simpliciter credenti et fideliter nescienti sacramentum esse.

2) p. 204 n. 30: cum excommunicatis communicare prohibemur .....; cum manifestis et nondum iudicatis conversari oportet, ut conversantur.

3) p. 206—210.

4) p. 207 n. 35: baptisma .... celebratum noluit Stephanus papa annullare: quia nec ab heretico baptizatum licet rebaptizare.

5) p. 215 n. 2: tractatum vestrum .... in quodam libello reperimus.

6) ib.

sich wesentlich gegen die im 22. Kap. des Traktates ver-
tretene geändert hat.

Inbezug auf alles andere dagegen fühlen die Empfänger
sich veranlaßt, noch einmal die Feder in die Hand zu nehmen.
Zunächst will Bernold seinem Lehrer die letzten Vorgänge
zwischen König und Papst klar auscinandersetzen, damit
Bernhard nicht irgendwelche Bedenken habe, wer von beiden
— Heinrich oder Gregor — das größere Recht auf seiner
Seite habe¹). Dieser Bericht ist für unsern Mönch und seine
Stellung zu den gewaltigen Vorgängen von 1076 von der
höchsten Bedeutung, zumal er noch dabei hervorhebt, er
wolle einen wahrheitsgetreuen Bericht über die Exkommunikation des Königs geben, wie er ihn von treuen Männern
der Kirche „wahrheitsgetreu" erhalten habe²). Bernold nimmt
zwar hier ebenso entschieden Stellung gegen die antigrego-
rianischen Bischöfe als gegen den König, aber vergessen wir
ja nicht zu betonen, daß d e r Heinrich, welcher in den 80er
und 90er Jahren in der Chronik von Bernold so sehr ange-
griffen wird, hier mehr als der durch den Einfluß der schis-
matischen Bischöfe Beeinflußte erscheint.

Der Papst habe drei Jahre hindurch vergebens versucht,
den König Heinrich von seinen bösen Wegen abzubringen.
Daher habe er endlich gedroht, er wolle ihn exkommunizieren
und das Volk vom Treueide gegen ihn entbinden, wenn er
nicht umkehre und sich als treuer Sohn der Kirche zeige.
Da hätten die Simonisten und Exkommunizierten dem Könige
geraten, auf einem Konzil den Papst mit seinem ganzen An-
hange abzusetzen. Diesen Äußerungen habe Heinrich sich

---

1) p. 217—224.
2) p. 217 n. 7: causam .... breviter et fideliter litteris
commendare non pigeat, ut ex fidelium virorum certissima relatione didicimus.

zugeneigt, und in Worms habe man diesen Schritt gethan,
wobei jedoch — die Äußerung des Gegners des Kaisers ist
hier von großem Werte — die Gegner des Papstes, vor
allem die simonistischen Bischöfe, den König vielmehr über-
redet hätten zu diesem Schritte, als daß sie etwa den von
ihm ausgegangenen Plänen beigetreten wären[1]). Man sieht
hier deutlich, wie Bernold die Initiative zu dem für die Zu-
kunft unheilvollen Schritte gegen den Papst hauptsächlich
den Simonisten, wie Otto von Konstanz und Anderen, zuschreibt. Deutlich spricht sich hier der Haß gegen dieselben
aus. — Die nun folgenden Ausführungen[2]) über die Aufnahme der Absetzungsurkunde in Rom, über den vonseiten
des Papstes gegen den König geschleuderten Bann, die An-
führung von Belegstellen für die Berechtigung dieses Ver-
fahrens gegen den König — sie bedürfen hier keiner Er-
wägung. Sie dienen nur dazu, Bernhard durch neue Beweise zu überzeugen, daß alle Verleumdungen gegen den
Papst vonseiten der Gegner unberechtigt seien. Der unheilvolle Zwist, welcher 1076 zwischen Papsttum und Kaisertum
ausbricht, er ist nach Bernolds Ansicht lediglich durch die
Schuld derjenigen Elemente hervorgerufen worden, welche in
dem Verhalten des Papstes und seinen Erlassen unheilvolle
Neuerungen erblicken wollen, während es doch deutlich sei,
daß in allem Gregor nur das aufs neue bekräftigt habe, was
schon vor vielen hundert Jahren die Kirche sanktioniert
habe. — Zum Schlusse des Schreibens kommt dann Bernold

---

1) p. 217: . . . . regi non tam consenserunt, quam per-
suaserunt, ut litteras proscriptorias . . . . . ad apostolicam sedem
transmitteret. — In der Chronik schreibt Bernold nur ganz kurz:
rex . . . oboedientiam . . . exhibendam abiurare fecit. Jedoch sagt
er gleich darauf: Gotefridus dux . . . . particeps immo
auctor supradictae conspirationis . . . . .

2) ib. p. 217—224.

noch auf die Ausführungen Beruhards über die Simonisten
und die von denselben erteilten Sakramente zu sprechen[1]),
womit Bernold zum Teil nicht einverstanden ist. Die Antwort auf diesen Brief fehlt. Ebenso wissen wir nicht, ob
der Briefwechsel noch weiter auf beiden Seiten fortgeführt
ist. Nur das erfolglose Resultat inbezug auf die Sakraments-
frage vermögen wir, wie schon oben angedeutet ist, aus einem
späteren Schreiben zu konstatieren.

Was die Frage über die Abfassungszeit der einzelnen
Briefe betrifft, so habe ich schon angedeutet, daß dieselben
in das Jahr 1076 zu setzen sind[2]). Bernhard sagt in seinem
Schreiben selbst, daß er 1076[3]) schreibe. Ebenso kann es
keinem Zweifel unterliegen, daß Bernolds zweiter Brief nicht
später als 1076 verfaßt ist. Bei seiner Schilderung der
Wormser Vorgänge und ihrer Folgen wird von ihm nicht
im entferntesten der Dinge gedacht, welche im Anfange des
Jahres 1077 zwischen Heinrich. und Gregor sich ereigneten.
In der sehr umfangreichen Darstellung p. 217 ff. über die
Beziehungen zwischen König und Papst hätte aber die
Canossa-Scene, wenn sie sich damals schon ereignet hätte,
sicherlich erwähnt werden müssen.

---

1) p. 224—228.
2) Ebenso Uss. II, 185. — Pertz, Mon. V, 385. — Giesebr.
III, 1034.
3) p. 207 n. 36: cum prioris anni, id est ab incarnatioue
Domini 1075, pascha rex apud Babinberch celebraret.........
Es soll jedoch dabei nicht verschwiegen werden, daß hier Bern-
hard einen chronologischen Fehler macht. Ostern 1075 war
Heiurich iu Worms (Lamdert, Bornold, Bruno c. 44). Dagegen
feierte Heinrich 1074 das Osterfest zu Bamberg. Damals ist
auch der von Bernhard erwähnte Zwischenfall mit Liemar von
Bremen und Hermann passiert, wie Cod. Ud. No. 44 (bei Jaffé
V, 93) andeutet. — Die ganze Episode führt näher aus: Beyer,
Die Bamberger, Konstanzer, Reichenauer Händel. Forschungen
XXII, p. 538—539.

Exkurs:

Hat Bernold diese Schriften in Konstanz oder St. Blasien verfaßt?

Mit dem Jahre 1076 bricht die schriftstellerische Thätigkeit Bernolds — die gleichzeitig fortgeführte Chronik ausgenommen — auf längere Zeit ab. Die übrigen, uns erhaltenen Schriften sind, soweit wir dieselben überhaupt chronologisch bestimmen können, nicht vor 1085 verfaßt[1]). Die allgemeine Ansicht geht nun, wie ich schon früher bemerkt habe, dahin, daß Bernold sich bis in die Mitte der 80er Jahre in Konstanz aufgehalten, daß er also die bisher besprochenen Schriften in Konstanz verfaßt habe. Aber ich glaube, daß diese Annahme durch verschiedene Momente erschüttert wird.

Schon USSERMANN hat II, 240 die Vermutung ausgesprochen, daß wir unter dem senior[2]), welcher 1075 die Rüstungen für den Sachsenzug Heinrichs veranstaltet, vielleicht den Bischof Otto von Konstanz zu verstehen haben. Wäre dem so, dann hätten wir allerdings den Beweis sofort in den Händen, daß Bernold in der Mitte der 70er Jahre nicht in Konstanz gewesen ist. Für mich geht aus dieser Stelle nur so viel hervor, daß wir unter dem senior einen

---

1) SCHULZEN in seiner Dissertation hat sich dadurch, daß uns über die Zeit 1076—1085 andere Schriften Bernolds fehlen, zum nicht geringen Teil beeinflussen lassen, den Aufenthalt unseres Autors 1079—1083 nach Italien zu verlegen. Wenn man nun bedenkt, daß wir selbst in den uns erhaltenen Schriften mehrfach Andeutungen auf andere, uns verloren gegangene Arbeiten Bernolds finden, so kann derselbe auch in den Jahren 1076—1085 außer der Chronik Schriften verfaßt haben, die entweder wie so manches Andere von ihm verloren gegangen oder noch nicht bekannt geworden sind. NEUGART, ep. Const. I, 506 nennt z. B. ein verloren gegangenes Werk Bernolds, welches Henricus Augustodunensis (de script. eccl. 13) unter dem Titel: ordo Romanus anführt.

2) Brief Alboins an Bernold p. 247.

Bischof zu verstehen haben. Es pflegten ja auch Abte
Kriegsausrüstungen vorzunehmen, aber wohl schwerlich in
solchem Maße, wie es hier angedeutet wird, — daß nämlich
Alboin sich bei Bernold entschuldigen muß, daß er der
Rüstungen halber nicht habe schreiben können. Unter dem
Bischof kann aber, selbst wenn wir zu dem Resultate gelangen, daß Bernold damals nicht in Konstanz war, ebensogut einer aus den benachbarten Diöcesen zu verstehen sein,
z. B. der Augsburger, der Baseler u. a.

Blicken wir aber auf die soeben besprochenen Schriften
Bernolds, so kennzeichnen sich dieselben durch ihre eifrige,
fast leidenschaftliche Parteinahme für die Sache Gregors.
Woher hatte aber — so fragen wir — Bernold diese feste,
innere Überzeugung von der Rechtmäßigkeit der päpstlichen
Ansprüche? Einmal, wie wir wissen, war er unter der Lei-
tung eines frommen, ernst kirchlich gesinnten und in den
Lehren der Kirche sehr erfahrenen Klerikers aufgewachsen.
Aber zum andern konnte er schwerlich in einer Stadt wie
Konstanz eine so energische Apologie für die Dekrete Gre-
gors VII. und dazu noch unmittelbar unter den Augen des
Bischofs Otto, des hervorragendsten Anhängers der kaiser-
lichen Sache unter der Geistlichkeit, erlassen. Konstanz [1])
war ebenso wie Augsburg ein Bollwerk kaiserlicher Macht.
Alle Versuche vonseiten der Gregorianer in den folgenden
Jahren, diese beiden Plätze der Macht des Kaisers zu ent-
reißen, sind lange erfolglos geblieben. In beiden Städten war
Bürgerschaft und Geistlichkeit einig in der Abwehr dieser
Feinde des Königs. Wenn irgendwo gegen die Erlasse des
Papstes heftig getobt wurde, so war es sicher in Konstanz.

---

1) Einen guten Überblick über die damaligen Verhältnisse
in Konstanz giebt HENKING, Gebhard von Konstanz (Diss. 1880)
p. 14 Anmerkg.

Der Bischof Otto stand hier selbst an der Spitze der Opposition. Schon im Dez. 1074 erhielt er das erste Citationsschreiben nach Rom, sich zu verantworten[1]. Von seiner 1076 erfolgten Suspension hat er sich zwar in demselben Jahre noch lossprechen lassen, um aber dann ebenso eifrig wie früher für Heinrich und gegen Rudolf einzutreten[2]. Er war gerade am wenigsten der Mann, welcher den neuen päpstlichen Erlassen in seiner Stadt und Diöcese Geltung zu verschaffen gesonnen war. Und hier in Konstanz sollte Bernold so entschieden für Gregor aufgetreten sein? Hier vor allem sollte er ,ex fidelium virorum certissima relatione‘ seine Nachrichten über die Vorgänge in Worms erhalten haben? Ich glaube, schon diese Umstände lassen einige Zweifel berechtigt erscheinen. Und wirft man nun einen Blick auf den Inhalt der Chronik in diesen Jahren, so treten da ganz auffällige Momente hervor. Völliges Schweigen bewahrt der Autor über die Konstanzer Verhältnisse. Während wir in der knappen Fortsetzung Hermanns von Reichenau (1054—1074) mehrfach auf die Konstanzer Dinge Bernold sehen bezugnehmen, berichtet er uns zum Jahre 1076 nicht einmal die Exkommunikation Ottos. Nur allgemein sagt er, der Papst habe alle Anhänger des Königs abgesetzt[3]. — Bekanntlich hatte sich Otto noch in demselben Jahre zu Ulm wieder in die Kirchengemeinschaft aufnehmen lassen; darüber wieder kein Wort!

Sehr auffallend wird dieses Schweigen zum folgenden

---

1) Registr. II, 29; ep. coll. No. 8.
2) Apologie für Gebhard (Uss. II, 380): idem ipse multo audacius reliquis conspiratoribus contra Romanum pontificem insanavit.
3) chron. 1076, Mon. V p. 433: omnesque episcopos, qui regi sponte contra papam faverant, officio et communione privavit.

Jahre 1077. Wir wissen, daß der neugewählte König Rudolf
vorübergehend in Konstanz war. Er hielt dort sogar unter
dem Beisein der päpstlichen Legaten eine Synode zur Aus-
treibung der Ketzerei ab[1]). Nichts davon erwähnt Bernold[2]).
Wohl weiß er uns aber den Aufenthalt Rudolfs Pfingsten zu
Hirschau zu berichten, sodann daß der Gegenkönig in der
Nähe von Hirschau, zu Ezzelingen, eine Fürstenversammlung
geplant und von derselben zur Belagerung einer Burg aus-
gezogen sei. Überhaupt ist die Schilderung an dieser Stelle
sehr lebhaft und setzt einen mit den dortigen Verhältnissen
vertrauten Autor voraus. — Im Jahre 1080 wird Otto von
Konstanz dauernd abgesetzt, Bernold berichtet auch dieses
nicht. Ebensowenig erwähnt er, daß in demselben Jahre
Altmann von Passau in Konstanz anstelle Ottos einen neuen
Bischof, Bertold mit Namen, einsetzen wollte[3]). Auch über
die folgenden Jahre, in welchen um Konstanz wilde Kämpfe
tobten, — Otto hielt sich bekanntlich trotz Exkommunikation
noch bis 1084 in Konstanz — bis es endlich 1084 den Päpstlichen gelang, sich in den Besitz der Stadt zu setzen[4]), weiß
uns Bernold keine Silbe zu berichten. Wohl weiß uns aber
Bernold 1083 eine sehr anziehende Schilderung von dem
Glanze des Klosterlebens in den Schwarzwaldklöstern — er
nennt dabei St. Blasien an erster Stelle — zu geben[5]). Es

---

1) Bertold z. J. 1077 (Mon. V p. 293).
2) Ja, er berichtet sogar ganz irrig, daß, bevor der König
nach Konstanz gekommen sei, der eine der beiden Legaten nach
Rom gesandt worden wäre. Thatsächlich waren aber beide Legaten in Konstanz. (S. im Folgenden p. 80.) So konnte er
nicht berichten, wenn er in Konstanz damals lebte.
3) LADEWIG, Reg. episc. Const. I, Abteilg. I p. 67. — HEN-
KING, Gebh. v. Konst. p. 13 u. 14.
4) LADEWIG p. 66 u. HENKING, ib.
5) Mon. V p. 439.

sind dieses Worte eines Mannes, der diesen Klöstern nicht blos nahe gestanden hat, sondern der mitten darinnen lebt. Fassen wir alle diese Momente zusammen, so können wir, da uns kein einziger Anhaltspunkt[1]) vorliegt, welcher auf Konstanz hinweist, wohl sagen: aus den uns vorliegenden Quellenzeugnissen zu schließen, ist Bernold schon seit den 70er Jahren Mönch von St. Blasien. — Es ist ja auch bekannt, wie in diesen Jahren die Reform dieser Klöster begann. 1070 war auf Veranlassung der Kaiserin Agnes durch Mönche von Fructuaria das Kloster St. Blasien reformiert worden, 1071 begann der Abt Wilhelm in Hirschau seine Thätigkeit[2]). Diese Klöster zogen bekanntlich jede gesunde Kraft heran und brachten so das Klosterleben in wenigen Jahren zu einer außerordentlichen Blüte. Hier fanden die gregorianischen Neuerungen begeisterte Aufnahme. „Von hier gingen die Mönche aus, welche gegen Heinrich und die ihm anhängenden Bischöfe Widerstand predigten, hier wurden auch zum Teil die Streitschriften gegen die Feinde des apostolischen Stuhles verfaßt"[3]).

b) Bernolds schriftstellerische Thätigkeit als Presbyter (1085—1100).

Am 22. Dez. 1084 ist Bernold zum Presbyter geweiht worden, und nun beginnt eine reiche schriftstellerische Thätigkeit bei userm Mönche. Bernold war in dieser Zeit voll der größten Hoffnungen für die Sache der Kirche. Der Kaiser war im Sommer 1084 ohne dauernde Erfolge aus Italien zurückgekehrt, ebensowenig konnte er in Deutschland die

---

1) Die Vermutungen über ultimus fratrum de S. Blasio habe ich schon früher zurückgewiesen.
2) cf. GIESEBR. III, 634.
> 3) GIESEBR. III, 634.

Macht der Gegner brechen. Konstanz, das Bollwerk kaiserlicher Macht, war gefallen, und ein durch den päpstlichen Legaten ordinierter Bischof befehligte hier. Es schien, als ob die Sache Roms den Sieg davontragen sollte. Bernold frohlockt und jubelt in seinen Schriften aus diesen Jahren, man sieht es denselben an, daß Rom die Oberhand behalten und die Feinde der Kirche demütigen werde. Mit der größten Strenge droht er in seinen Briefen allen Feinden der Kirche: nichts als Unterwerfung unter ihre Befehle will er, oder sonst treffe dieselben die ewige Verdammnis! Für die Datierungen der einzelnen Schriften ist dieser Umstand bei den sonst mangelhaften chronologischen Anhaltspunkten nicht zu übersehen. Denn später, als Bernold in Schaffhausen lebte, nehmen wir nicht mehr diese freudige Begeisterung in seinen Schriften wahr. Die Zahl der Exkommunizierten hatte im Laufe der Jahre so überhand genommen, die Verwirrung war so groß geworden, daß selbst der Papst Urban II. sich genötigt sah, die diesbezüglichen Gesetze einzuschränken[1]. Auch bei Bernold ließ die so scharfe Auffassung in diesen Fragen allmählich nach, seine späteren Arbeiten lassen dieses deutlich erkennen. Während die Worte aus dem Schreiben an Adalbert von Speier[2]: nec tamen paucos extra hanc excommunicationem remansisse dicatis, quum tanti in solo Teutonico regno remanserint, ut multitudini excommunicatorum saepissime viriliter restiterint et adhuc resistere possint so recht das Motto für die Schriften Bernolds aus den 80er Jahren sein können, schreibt er in den 90er Jahren ganz anders:

---

1) Bernold, chron. 1089: sententiam anathematis . . . . ea discretione confirmavit . . . . . . Ebenso z. J. 1094 (Mon. V, p. 458): si non iamdudum domnus papa sententiam excommunicationis quodammodo cum apostolica auctoritate temperasset.

2) Uss. II, 364, dort als opsc. VI abgedruckt.

sancta ecclesia iam multum gauderet, si aliquo modo resipiscere vellent[1]).

Gehen wir nun auf die einzelnen Schriften ein.

1. Schriften aus St. Blasien (1085—1091).

Es sind hier zunächst zwei Briefe zu besprechen: das
Schreiben an den Präpositus Adalbert von Speier[2]) und der
Brief an seinen Lehrer Bernhard[3]), welcher inzwischen von
Hildesheim nach Corvey übergesiedelt war. Beide Briefe
verraten zunächst einen Wechsel der Gesinnung über die von
Exkommunizierten ausgeteilten Sakramente. Während Bernold an Adalbert von Speier schreibt, es gäbe bei den Exkommunizierten keine göttlichen Sakramente; denn dasjenige,
was dieselben Sakramente nennen, wären eben nicht solche,
da die Spender derselben nicht zur wahren Kirche gehören[4]),
— so schreibt er an Bernhard: auch bei denen, welche nicht
in der Kirchengemeinschaft stehen, giebt es heilige Sakramente[5]). Unzweifelhaft ist die Auffassung, welche Bernold
in dem Schreiben an Adalbert vertritt, die frühere, auch mit
Bernolds in den 70er Jahren aufgestellten Behauptungen[6])
übereinstimmende. Die Ansicht, welche er dagegen in dem
Schreiben an Bernhard vertritt, verteidigt er sehr scharf 1091
in der Chronik[7]) und ebenso in dem um die Jahreswende

---

1) Bei Uss. p. 408 n. 7 als opsc. XIV.
2) Uss. II, 357—367 als opsc. VI. — Richter p. 19 nennt
diesen Brief ganz willkürlich eine Flugschrift.
3) Uss. II, 229—236 als opsc. II.
4) p. 363 n. 12: Quid miramini, si sacramenta ecclesiae
apud excommunicatos esse negantur, quum .. Augustinus locum
veri sacrificii extra ecclesiam non esse protestatur.
5) p. 233 n. 7: etiam extra ecclesiam esse dei sacramenta.
6) In dem Briefwechsel 1076 mit Bernhard.
7) p. 451 f.: Bernhardus .... nimio zelo ductus alicubi
modum excessisse notatur, videlicet ubi agit de sacramentis.
Negat ..... omnino, ab eis (sc. excommunicatis) sacramenta
posse confici.

1094/95 abgefaßten Briefe an Gebhard von Konstanz [1]). Es muß also der Brief an Adalbert von Speier früher entstanden sein als der an Bernhard gerichtete. Nun kann der erstere nicht vor Sommer 1085 geschrieben sein, denn Gregor VII. wird als tot genannt [2]). Außerdem geht aber aus dem Zusammenhange der Stelle hervor, daß schon in dem voraufgegangenen Schreiben Adalberts an Bernold Gregors Tod erwähnt war [3]). — Was den zweiten, an Bernhard gerichteten Brief angeht, so ist derselbe nicht später als März 1088 anzusetzen, denn am 15. März 1088 ist Bernhard gestorben [4]). Es fallen also diese beiden Briefe in die Zeit zwischen Sommer 1085 und März 1088 [5]).

Man wird an dieser Stelle wohl nicht unnütz die Frage aufwerfen: wodurch ist Bernold zu dem Wechsel seiner Ansicht bewogen worden? Leider ist dieses ein dunkler Punkt in dem Leben dieses Mannes, worüber wir nichts Sicheres wissen. Vielleicht ist er durch seine nahen Beziehungen zu Gebhard in diesen Jahren in die Lage versetzt worden, in dem Verkehr mit hervorragenden Klerikern über diesbezügliche Fragen zu verhandeln und seine Meinung zu ändern.

1) Uss. II, 402 n. 4: sacramenta ecclesiae tam extra ecclesiam, quam intra ecclesiam dari et haberi, ... Richter begeht (p. 19 in seiner Diss.) einen groben Irrtum, wenn er behauptet, daß in dem Briefe an Adalbert Bernold seine frühere Ansicht geändert habe.

2) Uss. II, 363 n. 13: dominum nostrum piae memoriae Gregorium papam . . . . . .

3) ib. p. 364 n. 13: quem usque ad finem vitae stabilem et inflexibilem perstitisse multum doluistis.

4) chron. 1088 (p. 448) enthält das Jahr, Necrolog. (V, p. 391) enthält den Monat u. Tag (Id. Mart.).

5) Richtig zieht allein Ussermann II, 356 die Grenze der Entstehung. — Pertz (Mon. V, p. 386) setzt beide Schriften willkürlich in das Jahr 1086. — Gies. (III, 1034) schweigt über das Schreiben an Bernhard; den Brief an Adalbert setzt er willkürlich in das Jahr 1087.

Von den beiden uns hier vorliegenden Schreiben verdient außerdem das erste eine besondere Beachtung, weil
Bernold in demselben seine Grundsätze über Staat und
Kirche, über die Macht der Kirche über den Staat entwickelt.
Adalbert lebt als Präpositus in Speier. Er steht Bernold
nahe, ist aber durchaus nicht streng gregorianisch, sondern
wie überhaupt die Bürgerschaft von Speier dem Kaiser treu
ergeben[1]). Er hat in dem uns verloren gegangenen Briefe
an Bernold seine Bedenken über das Verhalten der Klosterbrüder in St. Blasien ausgesprochen, daß sie ziemlich
schonungslos gegen die exkommunizierten Christen seien, das
Gebot der Nächstenliebe in unchristlicher Weise übergingen[2]).
Bernold verteidigt sich und seine Klosterbrüder dagegen, indem er sagt, daß der Umgang mit gesetzlich Exkommunizierten unter allen Umständen zu meiden sei. Wer sich mit
jenen irgendwie einlasse, verfalle derselben Strafe wie jene[3]).
Nur der schwachen Sünder solle man, solange sie noch nicht
mit der kirchlichen Strafe belegt seien, sich annehmen, um
sie zur Umkehr zu bewegen[4]). So verfahre man in St. Blasien. Deshalb habe man auch Wibert unter allen Umständen
zu meiden, er sei ein invasor apostolicae sedis und ein sup-
plantator papae Gregorii[5]). Dem Stuhle Petri habe er die
geschworene Treue gebrochen. Deshalb habe ihn der Papst
verdammt, schon bevor er den Stuhl Petri usurpiert hätte[6]).

---

1) p. 362 n. 10: Nimium pro episcopo vestro (Huzmann,
der hervorragende Anhänger Kaiser Heinrichs) zelatis. Über
denselben hatte 1085 die Quedlinburger Synode den Bannfluch
geschleudert.
2) cf. p. 357 n. 2.
3) p. 357 n. 3.
4) p. 358 n. 5.
5) ib. n. 4.
6) ib.: Qui (nämlich Gregor VII.) . . . . eum . . . . . ana-
thematizavit, etiam antequam ille apostolicam sedem invasisset.

Und jetzt habe Wibert alle Exkommunizierten unter seiner
Fahne vereinigt[1]), man müsse daher ihn und alle Anhänger
desselben meiden. — Höchst charakteristisch ist das Folgende. Adalbert hat offenbar bezweifelt, daß der Papst ein
Recht über den Kaiser habe. Mit aller Entschiedenheit tritt
Bernold dem entgegen[2]). Die weltliche Macht untersteht der
Kirche nach dem Bibelwort, daß alles im Himmel gebunden
und gelöst sei, was Petrus auf Erden gebunden und gelöst
habe. Niemand in der Welt könne sich dieser Macht entziehen, ohne sich selbst zu verderben. Folglich vermögen
selbst die Kaiser nicht dieser Gewalt sich zu entziehen[3]).
Auch habe Gregor I. befohlen, daß selbst die Herrscher ihrer
Amter verlustig erklärt und aus der Kirche ausgestoßen
werden sollen, wenn sie es wagen, den päpstlichen Dekreten
Widerstand entgegenzusetzen[4]). Es sei hieraus nach Bernolds
Ansicht klar zu erkennen, daß Könige und Kaiser dem Urteil-
spruche der Kirche unterständen[5]). — Sodann führt Bernold
noch aus, daß es falsch sei, zu glauben, daß der Papst seine
Unterthanen zum Meineide verleite, wenn er sie von der
Treue gegen ihre Oberen entbinde. Ebenso wie der Papst
die Prälaten absetzen könne, so dürfe er auch die Untergebenen derselben vom Treueide entbinden. Von jeher habe
die Kirche ihre Getreuen den Händen der Ungläubigen und

---

1) p. 358 n. 4: caput omnium excommunicatorum.
2) p. 360 n. 8: Multum quoque miramur de vestra prudentia, quod reges ecclesiasticae potestati subtrahere in tantum
conamini (Worte Bernolds).
3) ib.: ergo nec imperatores de hac potestate poterunt se
emancipare.
4) p. 361 n. 9: ut reges a suis dignitatibus caderent et
participatione corporis et sanguinis domini carerent, si sedis
apostolicae decreta contemnere praesumerent.
5) ib.: nequaquam ergo reges sive imperatores ecclesiastico
iudicio subiacere denegabimus . . . . . .

von der Kirche Abgeschiedenen zu entreißen gesucht, auch
wenn sie denselben den Eid der Treue geleistet hätten[1]).

Diesen Grundsatz, daß man dem Papste mehr zu gehorchen habe als dem Befehle des eigenen Bischofs, verteidigt Bernold auch in einem Briefe an den Präpositus
Adalbert von Straßburg, dessen Entstehung in dieselbe Zeit
fällt[2]). Mit diesem Manne ist Bernold vor kurzem zusammengewesen. Er giebt seiner Freude über die Glaubensfestigkeit
Adalberts lebhaften Ausdruck. Dessen Bedenken, ob man
sich von dem Gehorsam gegen die höhere Macht (d. i. der
Papst) frei machen könne, um der niederen (d. i. der Bischof)
gehorsam zu sein[3]), geben Bernold die Veranlassung zu diesem
Schreiben. Niemand dürfe sich mit dem Gehorsam gegen
seinen Prälaten entschuldigen, dem Papste nicht gehorcht zu
haben[4]); vielmehr müsse man dem von der höheren Gewalt
Verdammten auf alle Weise widerstehen[5]). Dieser Grundsatz: quod nec proprio episcopo, etiam catholico et religioso,
contra domnum papam obedire debeamus sei auch in dem
neulich von Hirschau nach St. Blasien gebrachten Apologeticus zu lesen[6]).

1) p. 364 n. 14.
2) Bei Uss. II, 368—369 als opsc. VII abgedruckt.
3) p. 368: videlicet si subiectus se quoquo modo de oboedientia superioris potestatis excusare posset, si inferiori potestati
obediret.
4) p. 368 ib.: nullus subiectus cum oboedientia sui praelati
potest se excusare, quin potius apostolicae sedi, quam proprio
episcopo vel decano debeat obedire.
5) p. 369: praelato suo, qui pro inoboedientia a superiore
potestate damnatus est, omnimodis est resistendum.
6) Usserm. vermutet, daß dieser Apologeticus der bei Gretser
VI, 29 ff. abgedruckte Traktat sei. Derselbe handelt allerdings
über diesen Punkt (sed et obedientia in praelatum nos excusare
non poterit, quin apostolicis statutis necessario obedire debemus,

Dieser Brief ist nicht vor dem 22. Dez. 1084 abgefaßt,
denn Bernold nennt sich Presbyter. Jedoch kann er nicht
später als 30. Mai 1089 geschrieben sein. Denn seit dieser
Zeit ist Burkhardt in Straßburg Präpositus (1089—1104)[1].

Aus dem Jahre 1088 besitzen wir eine Abhandlung über
die Abendmahlslehre des Berengar von Tours[2]. Daß dieselbe in diesem Jahre verfaßt ist, sagt Bernold selbst[3]. Die
Veranlassung zur Abfassung dieser Schrift ist in dem Tode
Berengars — 6. Jan. 1088[4]) — zu sehen. Lange Jahre hindurch[5]) hatte derselbe die Kirche mit seiner Auffassung von
dem Sakramente des Abendmahles beunruhigt. Unversöhnt
mit der Kirche war er gestorben, von seiner Lehre hatte er
nicht gelassen. Bernold griff, nachdem ihm die Kunde von

si filii ecclesiae esse volumus), jedoch sagt Bernold ausdrücklich,
in fine apologetici sei diese Frage erörtert worden. Dieses
ist aber in dem vorliegenden Traktate nicht der Fall. Diese
Ausführungen stehen ungefähr in der Mitte desselben. Es kann
daher der vorliegende Traktat nicht der von Bernold angedeutete
sein. — Gretser will übrigens denselben für ein Werk Bernolds
ansehen, was schon Neugart, ep. Const. I, 507 abgewiesen hat. —
(Dieser Traktat ist übrigens erst nach dem Tode Gregors VII.
geschrieben. S. p. 33 Spalte 1 unten.)
1) cf. Gallia christiana V, 822, wo ein Fragment eines
Straßburger Präpositenverzeichnisses steht:
    Eberhard 933.
    Bruno I (cancellarius Heinr. II) 1005.
    Burchard 1089—1104.
    Bruno II, Graf zu Lützelburg, 1108 (Dekan, dann Prä-
       positus).
Ebenso Straßb. Urkundenbuch I, 49 ff.
    2) Uss. II, 432—437 als opsc. XVII abgedruckt.
    3) p. 435 n. 9: usque in praesentem annum ...... qui
est ab incarnatione domini 1088.
    4) Wilh. Malmesb. hist. Angl. III (abgedruckt bei Uss. II,
427): in ipso die Epiphaniorum moriens.
    5) p. 435 n. 9: concilia nostris temporibus infra quadra-
ginta annos celebrata . . . .

dem Tode dieses Ketzers gekommen war, zur Feder, um in einer längeren Abhandlung die Lehre der Kirche über das Abendmahl zu entwickeln und um zu zeigen, wie groß die Ketzerei Berengars sei. Er wollte damit alle Christen mahnen, nicht solchen Irrlehren zu folgen, welche die ewige Verdammnis zur Folge hätten[1]). — Leider ist der Codex, aus welchem Ussermann diese Abhandlung entnahm, durch einen Brand (i. J. 1768) verstümmelt, wir besitzen nur die letzten und so allerdings wichtigsten Kapitel derselben[2]). Aus p. 436 n. 11 ersehen wir, daß die Schrift in zwei Teile zerfallen ist: I. de veritate corporis dominici — also eine dogmatische Auseinandersetzung der Abendmahlslehre — II. synodales Berengarianae haereseos damnationes.

Bernold war über die Berengarische Abendmahlsstreitigkeit sehr .gut orientiert. 1079 hat er diesen Ketzer selbst auf der Synode gesehen[3]). Der Lebhaftigkeit, mit welcher er diesen Vorgang 9 Jahre später in dem uns vorliegenden Traktate schildert, sieht man es an, wie sehr er sich für diese Sache interessierte. Auch durch Augenzeugen[4]) hat er von den Verhandlungen gegen Berengar Kunde erhalten. Außerdem sagt er uns selbst, daß er die Schriften des Lanfrank[5]) und Christinus[6]) gekannt und benutzt habe. Lan-

---

1) p. 437 n. 12.
2) Ein vollständiger Abdruck findet sich in der Raccolta Ferrarese di opuscoli scientifici e litterati di ch. autori Ital. Tom XXI. Venedig 1789.
3) p. 435 n. 9: synodo . . . . . . anno Dom. incarn. 1079 nos ipsi interfuimus et vidimus, quando Berengarius in media synodo constitit.
4) p. 435: adhuc multi vivunt, qui eisdem conciliis interfuerunt, qui et nobis de eisdem conciliis fidelissime testificati sunt.
5) Liber de corpore et sanguine domini (23 Kap. in Briefform). — Darüber Nitzsch, in Herzog's Realencyklop. VIII, 405 ff.
6) Christinus oder Christianus ist Bischof von Aversa gewesen nach Paul von Benried c. 90 (ed. Watterich I, 527).

franks Werk und die Benutzung desselben durch Bernold
können wir besonders p. 432—434 wiedererkennen[1]). Wie
weit er den Christinus benutzt hat, läßt sich leider nicht
feststellen, da dieses Werk verloren gegangen ist. Gegen
Ende, schon p. 435 wird aber Bernolds Arbeit selbständig.

– – – –

Aus dem Jahre 1088 oder dem nächsten Jahre haben
wir dann einen Brief Bernolds an den pater R., welcher für
die Wahl Gebhards von Konstanz von großer Bedeutung ist.
Bekanntlich war Bischof Otto 1080 zum zweiten Male exkommuniziert und damit für immer aller kirchlichen Würden
verlustig erklärt worden. Vergebens suchte der Bischof
Altmann von Passau auf Geheiß des Papstes dort einen
Bischof der gregorianischen Partei einzusetzen. Erst als
1084 Konstanz dauernd in die Hände der Gregorianer gekommen und Otto vertrieben war, gelang es, Gebhard dort
zu ordinieren. Die Wahl wurde selbstredend von kaiserlicher
Seite sehr angefeindet[2]). Bernold hatte hierüber schon einmal an den R. geschrieben[3]). Da aber seine Ausführungen

---

Er ist nach dieser Quelle 1077 zu Forchheim bei der Wahl
Rudolfs in der Begleitung des päpstlichen Legaten gewesen:
Bernhardus, sanctae Romanae ecclesiae cardinalis diaconus, qui
et secum duxit egregium doctorem quendam nomine Christia-
num, postmodum Aversanae civitatis episcopum, cuius opus
extat eximium contra Turonensem Berengarium.
    Ganz ungenügend ist Gams p. 855 über die Bischofstabelle
von Aversa.
    1) cf. Schwabe, Studien zur Geschichte des zweiten Abend-
mahlsstreites p. 126. Leipzig 1887.
    2) Siehe darüber Henking, Gebh. v. Konst. p. 20 Anmer-
kung, wo die Nachrichten der Casus s. Galli, der Ann. Aug. und
de unit. eccl. besprochen werden.
    3) Dieser Brief ist nicht erhalten.

damals etwas kurz gewesen sind, so will er jetzt ausführ-
licher auf die Sache eingehen ¹).

Der Hauptwurf der Gegner besteht darin, daß sie behaupten, Gebhard dürfe nicht Bischof sein, weil seine Wahl
zu einer Zeit vorgenommen worden sei, als Otto noch am
Leben war ²). Diesen Vorwurf weist Bernold damit zurück,
daß˙er auf die Kirchengesetze hinweist, welche eine Neuwahl
vorschreiben, sobald jemand abgesetzt ist ³). Mithin sei
Gebhard rechtmäßig und nach den Gesetzen der Kirche eingesetzt worden.

Sodann will Bernold nachweisen, daß Otto mit vollem
Recht dauernd abgesetzt sei, daß infolgedessen den Kirchengesetzen gemäß die Neuwahl erfolgen mußte ⁴). — Otto ist
auf der Fastensynode 1076 ⁵) wegen seines Anschlusses an
die Schismatiker gebannt worden, aber im Herbst desselben
Jahres durch Altmann von Passau wieder in die Kirchengemeinschaft aufgenommen worden ⁶). Die bischöfliche Amts-
befugnis ist ihm jedoch nicht wiedergegeben worden, auch hat

---

1) Die Schrift ist bei Uss. II, 378—382 als opsc. X abgedruckt. — Die vorliegende Stelle lautet p. 378: tunc pro tempore brevius, quam res exigeret, respondi, iterum tibi . . . .
plenius satisfacere non piget.
2) p. 379 n. 2: Gebehardus esse non possit, eo quod ante-
cessori suo Ottoni adhuc vivo subrogatus fuerit. — Otto ist 1086
zu Colmar gestorben. Chron. Petershus. (Mon. XX p. 648) lib. II.
c. 49.
3) ib. canones . . . . . subrogationem praescribunt.
4) ib. quam canonice . . . . . Otto perpetuam damnationem
subierit, ut et noster episcopus canonice ei succedere potuerit.
5) Daß diese Fastensynode in der ersten Fastenwoche 1076
stattgefunden hat, steht nach dieser Stelle, übereinstimmend mit
JAFFÉ, Registr. II, 30 und ep. coll. 8 und 9, fest. GIESEBR. III, 359
will die zweite Woche annehmen. Aber gegen diese vier Stellen
sind GIESEBRECHT's Gründe nicht stichhaltig. (Siehe auch MELTZER,
Gregor VII. p. 219.)
6) p. 380 n. 5.

4*

Gregor dieselbe ihm niemals wieder zugestanden [1]). Otto
wäre aber sogleich wieder zu den Gegnern der Kirche über-
gegangen, alle Ermahnungen zur Besserung hätten nichts
gefruchtet. Dadurch habe Otto sich selbst das Urteil gesprochen, und der Papst habe ihn deshalb sine spe recu-
perationis auf der Fastensynode 1080 verdammt [2]). Gleichfalls sei damals der Bischof Altmann von Passau mit der
Neuwahl betraut worden. Wenn nun auch die lokalen Verhältnisse es für einige Zeit unmöglich gemacht hätten, den
Nachfolger einzusetzen [3]), so sei die Neuwahl doch endlich
am 22. Dez. 1084 durch den päpstlichen Legaten Otto von
Ostia erfolgt, und dieselbe sei wenige Monate später auf
der Quedlinburger Synode bestätigt worden [4]). Auch schon
aus dem Grunde sei die Wahl nicht im mindesten zu bean-
standen, weil alle Päpste, unter denen Gebhard Bischof gewesen wäre — Gregor, Viktor und Urban — ihn als solchen
anerkannt hätten. Auch müsse man bedenken, daß der
jetzige Papst Urban, als er noch päpstlicher Legat war,
selbst ihm die Weihe erteilt habe, und daß diese Wahl unter
Beistimmung von Geistlichkeit, Volk und Fürsten vollzogen
sei [5]). Dieses solle R. den Widersachern vorhalten, sie würden dann wohl die Rechtmäßigkeit der Wahl zugeben müssen.

Die Zeit, in welcher diese Apologie verfaßt ist, läßt sich

---

1) Bernold sagt ausdrücklich: communionem a b s q u e officio reddidit; sodann: papa nunquam postea ei officium
reddidit.
2) p. 381 n. 7.
3) Nämlich den designierten Bischof Bertold. p. 381: in-
firmitas electum impedivit, ne penitus unquam consecrari potuerit.
4) p. 382 n. 7. cf. chron. 1085.
5) p. 382 n. 7: a cunctis clero et populo legaliter electus
et postulatus, ... episcopis et abbatibus desiderantissime ad-
stipulantibus, assentientibus quoque catholicis ducibus et comiti-
bus reliquisque Christi fidelibus.

ziemlich genau angeben. Da Otto von Ostia schon als Papst
Urban II. genannt wird [1]), so kann dieselbe nicht vor März
1088 geschrieben sein. Sie kann aber auch nicht später als
die ersten Monate 1089 abgefaßt sein. Denn in einem Schreiben vom 18. April 1089 überträgt Urban dem Bischof Gebhard, ebenso wie Altmann von Passau sie bereits besessen
hat, die Befugnisse eines päpstlichen Legaten [2]). Es ist
nicht gut anzunehmen, daß Bernold diese hohe Gunstbezeugung unerwähnt gelassen haben würde, wenn sie ihm, als
er dieses Schreiben verfaßte, schon bekannt gewesen wäre.
Es ist also dieser Brief zwischen Frühjahr 1088 und Frühjahr 1089 geschrieben.

Aus dem Jahre 1089 oder 1090 besitzen wir einen Brief
an den Kleriker Paulinus von Metz [3]) über den Kauf kirchlicher Ämter. Letzterer hat bei Bernold schriftlich angefragt,
ob denn der Kauf, überhaupt der Handel mit kirchlichen
Ämtern wirklich Simonie sei [4]). Offenbar soll ihm Bernold
eine ausführliche, mit Argumenten der Kirchenlehre versehene Darstellung über diese Frage geben. Bernold betont,
daß die genaue Beantwortung dieser Frage ein eingehendes
Studium erfordere, da er nicht voreilig etwas hinschreiben

---

1) Gewählt am 12. März 1088 (4. Id. Mart. nach chron.
Bern. z. J. 1088).
2) J. R. I $_2$ 5393 (4031): ipsi (nämlich Altmann) q u e m -
a d m o d u m e t t i b i (Gebhard) Saxoniae, Alamanniae ac ceterarum, quae prope sunt, regionum vice nostra procurationem
iniunximus.
3) Bei Uss. II, 375—377 als opsc. IX abgedruckt.
4) p. 375 n. 3: Est autem tua quaestio, si vendere vel
ecclesias sit simoniacum? Hinter dem vel wird jedenfalls „emore"
im Texte einzuschieben sein. Denn im Folgenden wird immer
nur von emere und emtio gesprochen.

wolle, was nicht genau mit den Kirchengesetzen im Einklang
stände. Seine Absicht ginge dahin, eine genauere Beantwortung dieser Frage auf eine spätere Zeit zu verschieben.
Jetzt wolle er ihm auf sein Drängen nur Einiges schreiben.
Bernold führt aus, daß in der ältesten Kirche commendatio
und consecratio nicht getrennt gewesen wäre. Niemand sei
damals konsekriert worden, bevor er eine Stelle gehabt habe [1]).
Heutzutage dagegen erhielten die Kleriker die Konsekration
ohne Stelle. Daher wären die Gesetze wider die Simonie
auch viel späteren Ursprungs, da es Mode geworden: ut
post multum tempus ecclesias adquirerent iamdudum conse-
crati [2]). — Wahrscheinlich ist diesem kurzen Schreiben
später die geplante größere Abhandlung gefolgt. Dieselbe
ist uns leider nicht erhalten.

Am Schlusse seines Briefes sagt Bernold: Dominum
Metensem episcopum tuum, immo nostrum, ex mea parte
humiliter saluta. Es ist dieses die einzige Stelle, welche
uns eine Datierung dieses Schreibens ermöglicht. Wir haben
unter diesem Bischofe niemand anders als Hermann von
Metz (1073—1090) zu verstehen, welcher zu Gebhard in
nahen Beziehungen stand und auch Bernold kannte. Da
sich nun Bernold in diesem Schreiben Presbyter nennt, so
kann dasselbe nur zwischen Dez. 1084 und 1090 abgefaßt
sein. Nun ist aber schon im Mai 1085 Hermann aus Metz
vertrieben worden [3]) und hat bis zum Jahre 1089 sein Bis-
tum nicht wiedergesehen. Er lebte fortan bei den Sachsen,
später auch bei der Markgräfin Mathilde von Tuscien [4]).

1) p. 375 u. 376 n. 3.
2) ib. n. 4.
3) cf. GIESEBR. III, 610.
4) Bern. chron. z. J. 1088: legitimum pastorem (Hermann
gemeint) .... qui eo tempore in Tuscia detinebatur in captione
(= im Exil leben mußte). — De unit. eccl. II, 30.

Hier bei den Sachsen muß ihn Bernold, der ja gerade damals auf der Seite der Gegner — so in der Schlacht bei Pleichfeld — mehrfach thätig war, kennen gelernt haben [1]). Gerade in dieser Schlacht bei Pleichfeld finden wir auch Hermann anwesend [2]). Da nun aber die oben angeführte Stelle deutlich erkennen läßt, daß Hermann sich wieder ruhig in seinem Bischofssitze befindet, da ferner die Rückkehr dahin erst 1089 erfolgt ist [3]), so kann dieser Brief nur in der Zeit 1089 bis Mai 1090 [4]) geschrieben sein.

Ich werde an dieser Stelle noch zwei Korrespondenzen Bernolds zu berühren haben, von denen wir direkt nichts weiter sagen können, als daß diese Briefe Bernold als Pres-

1) Nachweislich war Hermann ebenso wie Bernold 1079 in Rom auf der Synode. Bernold kann denselben damals aber noch nicht gekannt haben, denn Uss. II, 435, wo er auf diese Synode zu sprechen kommt, ist Hermann unter den namentlich aufgeführten Bischöfen, welche 1079 in Rom anwesend waren, nicht zu lesen. (Die Anwesenheit Hermanns in Rom bezeugt Bertold V, p. 316.)

2) Nach Paul v. Benr. c. 109 beteiligte sich Hermann mit Gebhard auch an der nach der Schlacht erfolgten Wiedereinsetzung Adalberos in Würzburg. — In der Chronik ist, was für die erst in dieser Zeit erfolgte Bekanntschaft Bernolds und Hermanns spricht, seit 1086 immer sehr genau über Hermann berichtet.

3) chron. 1089: Heremannus Metensis episcopus . . . . post longam captionem ad episcopatum suum revertitur et a multis gratanter recipitur.

4) Hermann ist im Mai gestorben (chron. 1090). — Der Nachfolger Hermanns ist Poppo, welcher aber erst 1093 zur Weihe gelangt. Er ist 1093—1103 Bischof von Metz gewesen. Die Annahme, daß wir unter dem von Bernold erwähnten episcopus von Metz vielleicht Poppo und nicht Hermann zu verstehen haben, kann als nicht stichhaltig angesehen werden, da wir nichts bei Bernold lesen, was auf eine Bekanntschaft mit diesem, dazu noch Trierer Kleriker schließen läßt.

byter geschrieben hat — also nach 1084. Ich trage aber
kein Bedenken, dieselben noch in die Zeit des St. Blasier
Aufenthaltes zu setzen wegen ihres besonders scharfen Tones
gegen die Exkommunizierten. Ich habe schon früher hervorgehoben, daß gerade in den 80er Jahren, als die Anhänger
Roms den Sieg über den Kaiser davonzutragen glaubten,
auch Bernold ganz besonders scharf gegen alle Widersacher des
Papstes auftrat, daß er später, als selbst der Papst sich genötigt sah, die Bestimmungen über Exkommunikation einzuschränken, von dieser schroffen Art, gegen Exkommunizierte
und Schismatiker die Feder zu führen, abließ. Unter Berücksichtigung dieses Umstandes gehen wir wohl nicht fehl,
diese Briefe — es sind dieses die beiden Schreiben an
Reccho [1]) und der unvollständig erhaltene Brief an den Mönch
Walter [2]) — noch in St. Blasien entstanden sein zu lassen.

Was die beiden Briefe an Reccho angeht, so sind dieselben aus einer Unterredung Bernolds mit diesem Manne
über das Verhalten den Exkommunizierten gegenüber hervor-
gegangen. Reccho hat dabei sich gerade nicht sehr für die
Auffassungen Roms ausgesprochen. Deshalb sucht Bernold
ihn in zwei Schreiben von der Richtigkeit der Auffassung
der Kirche in diesen Dingen zu überzeugen. Seine Ausführungen sind sehr scharf, sogar ein gewisser Hohn [3]) ist
in denselben erkennbar. Bernold droht ihm sogar, daß er
unfehlbar dem Anathem verfalle, wenn er nicht von seiner
irrigen Auffassung ließe. Auf den Gang der Beweisführung
einzugehen, verlohnt nicht, da dieselben Grundsätze Bernolds

---

1) Uss. II, 370—373 als opsc. VIII gedruckt. — Pertz
(Mon. V, 386) setzt diese Briefe in die Zeit 1088/89.
2) Uss. II, 391—396 als opsc. XII gedruckt.
3) Besonders am Schlusse des ersten und im Anfange des
zweiten Schreibens.

bereits in dem Schreiben an den Präpositus Adalbert von
Speier entwickelt sind, nur daß dort bei den Ausführungen
eine nicht zu verkennende Schonung gegen die Person des
Speierer Klerikers hervortritt.

Auch das zweite hier zu besprechende, leider in defek-
tem Zustande erhaltene Schreiben an Walter zeigt auffallende
Ähnlichkeiten, ja sogar wörtliche Übereinstimmungen [1]) mit
dem Briefe an Adalbert von Speier. Die Veranlassung dieses
Schreibens ist die, daß ein Mönch aus der Umgebung Walters
die Behauptung aufgestellt hat, der Papst habe kein Recht,
jemand vom Treueide gegen seinen nächsten Vorgesetzten
zu entbinden, der Papst verleite damit die Leute zum Meineide [2]). Walter bittet nun Bernold, diesem Mönche aus-
einanderzusetzen, daß dem Oberhaupte der Kirche dieses
Recht zustände. Bernold weigert sich, an diesen Mönch zu
schreiben, da er nicht wisse, ob er nicht dadurch in den
Verkehr mit einem Schismatiker trete, was doch verboten
sei. Wir sehen, wie Bernold geradezu übertrieben scharf
gegen alle diejenigen ist, welche den päpstlichen Bestimmungen nicht folgen wollen. Er glaubt es hier mit
einem Kleriker zu thun zu haben, der, obgleich noch nicht
exkommuniziert, doch schon durch sein Verhalten sich selbst
exkommuniziert habe. Deshalb schreibt er auch nicht an
ihn, sondern an Walter und giebt demselben Mittel an die
Hand, den Kleriker zu überzeugen, daß der Papst mit der
Entbindung vom Eide Niemand zum Meineide verleite.

Noch einmal betont hier Bernold, daß Christus dem
Stuhle Petri die höchste Gewalt zuerteilt habe [3]), daß die
Gewalt der Kirche darum höher stände als die auf mensch-

---

1) cf. p. 395 n. 6 mit p. 364 n. 14.
2) p. 391 n. 1: qui nostrates periuros esse dogmatizavit.
3) p. 392 n. 3.

liche Erfindung [1]) gegründete Macht der Weltherrscher [2]).
Daher habe auch der Papst nicht nur die geistlichen Prälaten, sondern auch die weltlichen ein Recht abzusetzen.
Daraus folge unmittelbar, daß der Papst die Untergebenen
von dem Gehorsam gegen die ihnen Vorgesetzten entbinden
dürfe [3]). Denn den Treueid leistete man: nonnisi ad officium praelationis. Nur dem officium des Vorgesetzten habe
der subiectus Treue geschworen. Hört dasselbe auf, so habe
auch damit der Eid des Gehorsams seine Kraft verloren [4]).
Wenn die Kirche manchmal noch ganz besonders die Untergebenen von dem geleisteten Eide entbunden hätte, so sei
dieses nur geschehen: propter quorundam infirmorum dubi-
tationem, qui in talibus causis nihil putant actum, nisi quod
specialiter fuerit praenominatum. Jedoch sei die Kirche
hierzu nicht verpflichtet: mit der Absetzung des Prälaten
hört auch der demselben geleiste Eid der Untergebenen auf,
rechtskräftig zu sein [5]).

Hier bricht das Schreiben ab, da in dem Codex, welcher
diesen Brief enthält, an dieser Stelle 8 Seiten ausgeschnitten
sind.

_____

2. Schriften aus Schaffhausen (1091—1100).

Aus der Zeit, in welcher Bernold in Schaffhausen lebte,
können wir leider nur ein einziges Schriftstück genau da-
tieren. Es ist dieses das Schreiben an den Bischof Geb-

_____

1) p. 392 n. 4: potius ex humana adinventione quam ex
divina institutione.
2) ib. p. 393 n. 4: reges sacerdotali potestati subiacere
certum est.
3) p. 394 n. 5.
4) p. 395 n. 7.
5) ib. n. 7: in ipsa canonica depositione praelatorum itidem
et subiectorum absolutio continetur.

hard von Konstanz, welches in den letzten Tagen 1094 oder
gleich im Anfange des Jahres 1095 abgefaßt ist [1]).

Veranlaßt ist dieser Brief durch eine Anfrage Gebhards,
welcher von Bernold einige Erklärungen über verschiedene
Fragen wünscht, welche auf dem in den nächsten Tagen
abzuhaltenden Konzil erörtert werden sollen [2]). Bernold faßt
in seiner Antwort zwei Punkte ins Auge: die Wiederauf-
nahme von Klerikern, welche von Exkommunizierten ordiniert
sind, in die Kirchengemeinschaft, und zweitens: ob die von
Exkommunizierten getauften Kinder auch die Seligkeit erlangen, wenn sie vor ihrer Aufnahme in die Kirchengemeinschaft gestorben sind. Seine Antwort kennzeichnet auch hier
wieder die schon mehrfach betonte mildere Auffassung in
diesen Fragen im Vergleich zu den früheren Jahren. Was
den ersten Punkt betrifft, so giebt er zu, daß solche Kleriker
eigentlich nie wieder ein Kirchenamt verwalten dürfen [3]), jedoch sei man durch die Notumstände gezwungen, von der
Strenge der Kirchengesetze abzugehen [4]). Jedoch solle man
nicht von neuem die Weihe an solchen in den Schoß der
Kirche Zurückgekehrten vornehmen, sondern die frühere
Weihe gelten lassen [5]). — Inbezug auf die zweite Frage
glaubt Bernold, daß solche, durch Exkommunizierte getauften
Kinder die Seligkeit erlangen. Habe doch Augustin ge-

---

1) Uss. II, 397—404 als opsc. XIII abgedruckt. — Henking, Gebh. v. Konst. p. 54—55.

2) Synode zu Placenzia, am 1. März 1095 durch Urban II.
eröffnet.

3) p. 398—402: nullus eorum . . . . officium ordinis in
ecclesia administrare debeat.

4) p. 398 n. 2: summa necessitas illum rigorem quemad-
modum emolliri cogit.

5) p. 400 n. 4: sunt tamen simplices nimiumque zelotes,
qui quoslibet in excommunicatione ordinatos . . . . omnino
reordinandos esse putant.

schrieben, wenn jemand in der äußersten Not die kirchliche
Hilfe eines Exkommunizierten in Anspruch nehme, da ein
rechtgläubiger Geistlicher nicht zur Stelle sei, so müsse man
solchen Getauften doch für einen Christen halten [1]). Wenn
von einigen behauptet wird, daß die durch Härctiker vor-
genommene Taufe erst durch die manus impositio rechtskräftig werde, so stimmt dem Bernold zwar zu, glaubt aber
nicht, daß dieses direkt nötig sei [2]).

Unter dem Konzil, zu welchem Gebhard dieses Gut-
achten haben will, ist die große Synode von Placenzia zu
verstehen, welche am 1. März 1095 eröffnet wurde. Da
Gebhard in der Anrede dieses Schreibens Legat [3]) genannt
wird — diese Würde erhielt er 1089 —, da wir ferner wissen,
daß Gebhard als Legat nur eine größere Synode — und
zwar die von Placenzia — besucht hat [4]), da endlich die
hier behandelten Fragen in Placenzia [5]) verhandelt sind, so
muß dieser Brief vor dem Beginn dieser Synode geschrieben
sein; und zwar gehen wir nicht falsch, ihn kurz vor derselben anzusetzen, da Bernold von der „in allernächster Zeit
stattfindenden“ Synode spricht [6]).

Von zwei weiteren Schriften Bernolds können wir außerdem noch mit ziemlicher Sicherheit sagen, daß sie in Schaff-

---

1) p. 402 n. 5: nonnisi eum catholicum deputamus.
2) p. 404 n. 9.
3) Titel: Gebehardo, apostolicae legationis auctoritate su-
blimato.
4) chron. Bern. 1095 (Mon. V, 463 Zeile 2); s. HENKING
p. 54 Anm. ZELL, Freib. Diöcesau-Archiv p. 374/75 Anmerkg.
5) ib. chron. (p. 463 Zeile 29 ff.).
6) p. 397: ut vobis breviter aliqua scribere festinarem,
und: in proxime futuro .... concilio. — Ebenso p. 404:
breviter et fideliter notare festinavi.

hausen entstanden sind. Es ist dies der tractatus de dispensatione [1]) und der Brief an den Kleriker Gebhard [2]). In *In onacho* beiden Abhandlungen haben wir zwar keine direkten Zeitangaben, jedoch weist ihr ganzer Inhalt auf die Zeit der 90er Jahre hin. Bernold klagt in denselben über die Abnahme der Strenge gegen die Exkommunizierten, und daß die Zahl derselben schon so sehr überhand genommen habe, daß die Kirche schon zufrieden wäre, wenn sich dieselben irgendwie zur Umkehr entschließen würden [3]). Sie habe bereits die Strenge der Gesetze, sicut ad praesens ecclesiasticae utilitati magis competere videat, zu diesem Zwecke eingeschränkt [4]). Da diese Ausführungen in beiden Schriften wörtlich wiederkehren, so können wir beide in die Zeit des Schaffhausener Aufenthaltes verlegen. In St. Blasien würde Bernold wohl nie in dieser Weise sich über die Stellung der Gregorianer zu den Exkommunizierten ausgesprochen haben.

Auf den Inhalt beider Schriften verlohnt nicht einzugehen. Der Traktat de dispensatione behandelt die Strafen gegen die Übertreter der Kirchengesetze und die Aufhebung der zum Teil harten Strafen, wenn ein Sünder aufrichtige Reue und Buße zeige [5]). Das Schreiben an den Kleriker Gebhard behandelt in einer überaus weitgehenden und breit-

---

1) Uss. II, 405—410 als opsc. XIV. *=.,G l,'t ill· K v*
2) Uss. II, 311—355 als opsc. V. = *IHG l, l t'/l· X*
3) adeo usque quaque humana pravitas invaluit et iugum antiquae disciplinae abiecit, ut sancta ecclesia iam multum gauderet, si aliquo modo resipiscere vellent. [In beiden Schriften p. 408 n. 7 und 315 n. 8.]
4) Ganz ähnliche Ausführungen lesen wir in Bern. chron. 1093 (V, 455) und 1094 (p. 458).
5) Besonders wird dieser Gegenstand inbezug auf die lapsa virginitas und die lapsa sanctimonialis erörtert.

spurigen Weise eine Reihe von kirchlichen Dingen [1]), auf die
einzugehen schon aus dem Grunde unnötig erscheint, weil
Bernold gleich im Anfange sagt, er wolle hier weniger seine
Absichten, als vielmehr die der hl. Väter zusammenstellen [2]).

3. Undatierbare Schriften.

Ich habe nun noch einige Schriften Bernolds zu berühren,
über welche wir inbezug auf ihre Entstehung nichts Sicheres
sagen können, wenigstens nicht behaupten können, daß sie
zu St. Blasien oder Schaffhausen geschrieben sind. Es ist
dieses zunächst die Abhandlung über die potestas presbyterorum [3]), entstanden auf eine Anfrage der Mönche des
Klosters Raitenbuch. Da in derselben Anselm von Lucca
als tot gemeldet wird [4]), so kann dieselbe nicht vor März
1086 geschrieben sein [5]). Wir erhalten somit die Abfassungszeit 1086—1100.

Unter den Mönchen des Klosters Raitenbuch ist eine
Meinungsverschiedenheit darüber, ob die Presbyter das Recht
haben: ut poenitentes recipere valeant. Bernold giebt ihnen
auf ihre Anfrage zunächst eine Darstellung, wie sich das
Presbyteramt im Laufe der Jahrhunderte gestaltet habe [6]).
Presbyter und Bischöfe seien in den ersten christlichen Ge-

---

1) de periculosa excommunicatorum communione vitanda;
de rigore canonum super damnatione, sive depositione lapsorum;
de reconciliatione eorum sive haereticorum. — Die Abhandlung
ist außerdem unvollständig.

2) p. 312: de quibus omnibus non nostras, sed sanctorum
patrum sententias fideliter collegimus.

3) Uss. II, 384—391 als opsc. XI.

4) p. 386 n. 7.

5) Gestorben am 16. März 1086 (Bern. chron. 1086; vita
Anselmi c. 38 u. 42 [Mon. XII, 24 u. 25]).

6) p. 384—386.

meinden dasselbe gewesen [1]); erst später habe sich die Bi-
schofswürde als eine höhere entwickelt. Die Stellung der
Presbyter habe dadurch an Bedeutung eingebüßt, sie hätten
nicht mehr das Recht, Absolution zu erteilen. Nur dürfe
mit besonderer Erlaubnis des Bischofs [2]) eine privata recon-
ciliatio poenitentium erfolgen. Jedoch sei dieses ein besonderes Vorrecht, welches nur solchen zu Teil würde, welche
man besonders dazu geeignet halte [3]). Es sei falsch, zu
glauben, daß die Priesterweihe dieses Vorrecht in sich
schließe, vielmehr werde dasselbe nur in einzelnen Fällen
und dann jedesmal mit besonderer Hervorhebung — wobei
Bernold auf seine Priesterweihe verweist [4]) — erteilt.

An zweiter Stelle werde ich das Fragment einer Schrift
anzuführen haben, welche in den Jahren 1088—1099 verfaßt sein muß [5]). Da uns nur wenige Sätze von derselben
erhalten sind [6]), so können wir nicht viel über den Inhalt aus-
sprechen. Vermutlich waren darin ähnliche Fragen behandelt, wie in dem Schreiben an die Mönche zu Raitenbuch [7]).

Zum Schlusse ist noch die kleine Abhandlung: de sacra-

---

1) p. 385 n. 4: quum presbyteri et episcopi antiquitus idem
fuisse legantur.
2) p. 386 n. 7: nisi specialiter ex iussione episcopi.
3) ib.: quos ad hoc opus exequendum idoneos esse prae-
viderit.
4) p. 387 n. 9: hanc concessionem nos ipsi ab ordinatione
nostra suscepimus.
5) Bei Uss. p. 396 abgedruckt. Es heißt daselbst: Hoc
etiam reverendissimus domnus noster papa Urbanus .... concessit.
6) cf. vorher p. 58. Es ist das Fehlen durch die im
St. Blasier Codex ausgeschnittenen 4 Blätter zu erklären.
7) p. 386: hoc .... papa Urbanus .... presbyteris, item
et monachis concessit. Sodann: hanc ergo concessionem et alii
vacantes presbyteri ab episcopis accipere non negligant, antequam
tale officium circa poenitentes excercere praesumant.

mentis morientium infantum zu nennen [1]), über deren Abfassung wir nichts angeben können. Sie ist für einige Freunde niedergeschrieben [2]) und trägt nicht einmal den Namen unseres Autors. Allerdings läßt die ganz mit Bernolds sonstiger Schreibweise übereinstimmende Darstellungsweise die Vermutung zu, daß dieses Schreiben vielleicht von Bernold sein kann.

Indem die Betrachtung der Streitschriften Bernolds hiermit zu Ende geführt ist, erscheint es wohl angebracht, an dieser Stelle kurz zusammenzufassen, welche Eigenschaften unseres Autors in denselben besonders hervortreten.

Bernold ist von dem ersten Moment an, wo wir ihn überhaupt schriftstellerisch thätig sehen, einer der eifrigsten Anhänger der Ideen Hildebrands. Durch den Unterricht eines tüchtigen Lehrers und durch fleißiges Studium in den Lehren der Kirche war ihm schon in verhältnismäßig jungen Jahren eine umfassende Kenntnis auf allen Gebieten des kirchlichen Lebens eigen. Er warf sich den kirchlichen Neuerungen eben in der vollsten Überzeugung, daß dieselben in der Kirchenlehre schon seit Jahrhunderten begründet seien, in die Arme. Die Frage, ob das Papsttum oder das Kaisertum eine höhere Macht sei, fand er in der hl. Schrift und den Canones zu gunsten des ersteren beantwortet. Und wenn die Gegner behaupteten, auch das Kaisertum sei ebenso eine göttliche Einrichtung, wo war dafür die gesetzliche Begründung? Bernold hat vor dem Kaisertum ohne Zweifel

---

1) Bei Uss. II, 411—414 als opsc. XV.
2) p. 413 n. 4: nos . . . . . ideo tam diligenter ista digessimus, ... ut amicis nostris satisfaceremus.

eine hohe Achtung gehabt [1]), aber in dem unheilvollen Streite lehrten ihn doch alle zu Gebote stehenden Mittel, daß das Papsttum göttlichen, das Kaisertum weltlichen Ursprungs sei, daß daher der Kaiser dem Papste in kirchlichen Dingen zu gehorchen habe. Und da Heinrich mit Entschiedenheit dieses zurückwies, er sich sogar entschlossen zeigte, allen Ansprüchen des Papsttums in den Weg zu treten, was war natürlicher, als daß sich seine Seele mit bitterem Haß gegen diesen Herrscher erfüllte.

Bernold hatte oft Gelegenheit über alle diese Fragen zu disputieren, sein nicht unbedeutendes Ansehen bewirkte, daß er mehrfach Abhandlungen schrieb, in welchen er die Gründe und Beweise für die Rechtmäßigkeit der päpstlichen For- derungen zu entwickeln hatte. Wenn man nun bedenkt, wie oft in solchen Abhandlungen mit den Belegen aus den Satzungen der Kirche Betrug geübt wurde, manchmal auch unabsichtlich, denn für die Richtigkeit der in den Händen der Geistlichen befindlichen Abschriften der Canones konnte

---

1) Es ist interessant zu verfolgen, wie bei Bernold der Umschwung der Gesinnung sich nach dieser Seite in den Schriften geltend macht. So schreibt er in dem noch vor dem Aus- bruche des Kampfes zwischen Gregor und Heinrich z. J. 1071 mit sichtbarem Interesse für den König: H. rex multas insidias passus, viriliter omnes transiit. — Auch vorher in der Schei- dungssache des Königs von seiner Gattin schiebt er die Schuld den Fehlern der Jugend Heinrichs zu. 1068 sagt er: H. rex adolescentiae suae errore seductus, coniugis obliviscitur. — Wie Bernhold das Verhalten des Königs in der Wormser Ver- sammlung charakterisiert, daß er den Bischöfen die Initiative des Absetzungsbeschlusses zuschreibt, ist schon früher betont worden. — Bis zu dem Tage von Oppenheim lesen wir stets H. rex; 1077 bei Canossa sagt er noch einmal H. rex dictus, dann aber ist Heinrich der Ketzer und Schismatiker. Erst 1089 sagt er einmal H. rex dictus, seit 1090 zuweilen H. rex, erst von 1092 ist Heinrich wieder regelmäfsig rex und imperator genannt.

man ja nicht immer Garantie leisten, so ist gerade in dieser
Beziehung bei Bernold hervorzuheben, mit welcher Sorgfalt
er überall in der Verteidigung der päpstlichen Ansprüche
alle falschen Argumentationen verwirft. So hat ihm einmal
Paulinus von Metz über Augustin etwas Unrichtiges geschrieben, sofort weist dieses Bernold zurück oder bittet um
genaue Auskunft, falls er sich irren sollte [1]). Seinem Lehrer
Bernhard schreibt er, er dürfe sich nicht zu sehr auf die
neueren Auslegungen der kirchlichen Lehren stützen, die
Kirchenväter seien vorzuziehen [2]). Dem von Bernhard
benutzten liber pontificalis spricht Bernold keine große Bedeutung zu [3]).

Wir sehen also, Bernolds Parteinahme für Gregor und
seine Ideen war eine volle und ganze, aber sie war auch eine
durch innere und feste Überzeugung begründete. Es berührt
Bernolds Persönlichkeit, von dieser Seite betrachtet, gewiß
sympathisch. Aber dieses Bild hat eine bedenkliche Kehr-
seite, in den bisher besprochenen Werken Bernolds tritt dieselbe nicht so hervor. Hier wird durchweg nur über eine
aufgeworfene Frage disputiert, man bewegt sich ganz in
theoretischen Erörterungen. Sobald auf das Verhalten des
Kaisers gegenüber dem Papste eingegangen wird, heißt es
nur immer, der Kaiser, Wibert und sein Anhang haben durch
ihr Auftreten sich selbst exkommuniziert. Ganz anders wird
dieses in der Chronik. Hier hatte er Thatsachen zu berichten; er mußte, wenn er wahrheitsgetreu berichten wollte,

---

1) Uss. II p. 375 n. 2.
2) Uss. II p. 234 n. 9.
3) ib.: nec solum legitimas institutiones, sed et nonnullorum
inconsideratas usurpationes referre consuevit. Unde non omnia, quae in eo scripta leguntur, pro ecclesiasticis sanctionibus recipere debemus.

von seiner Partei neben glücklichen Erfolgen auch Niederlagen und Siege des Gegners und Schismatikers Heinrich
nennen. Es war das für ihn eine gefährliche Klippe, und
wir werden sehen, daß Bernold daran gescheitert ist. Seine
Gereiztheit und Gehässigkeit gegen den Kaiser wird förmlich
zur Leidenschaft. Hat er in den Streitschriften sich bemüht,
mit ehrlichen Waffen für die Ansprüche des Papsttums die
Feder zu führen, so verschmäht er in der Chronik nicht,
durch Lügen die Thatsachen in einer für seine Partei günstigen Weise zu entstellen.

III. Die Chronik Bernolds.

Als Bernold seine Chronik zu schreiben begann, arbeitete
in Reichenau der Kleriker Bertold an der Fortsetzung des
Annalenwerkes Hermanns des Lahmen. Mit großem Eifer
hatte Hermann dasselbe bis an sein Lebensende fortgeführt,
sterbend übergab er dasselbe Bertold mit der Aufforderung,
die begonnene Arbeit fortzusetzen. Bertolds Arbeit ist uns
leider verloren gegangen, wir wissen nicht, bis zu welchem
Jahre die Fortsetzung geführt ist. Was wir in dem 5.
Bande der Monumenta unter dem Namen Bertoldi chronicon
besitzen, ist eine Kompilation Bertolds, Bernolds und anderer
Quellen [1]), welche erst in den 90er Jahren des 11. Jahrhun-
derts abgefaßt ist. WAITZ hat im 13. Bande der Mon. [2]) das
Fragment eines St. Gallener Textes herausgegeben, in welchem

---

1) z. J. 1058 das chron. Wirzeburgense (s. GIES. III, 1035);
z. J. 1076 (p. 284 von Zeile 73 ab) wörtlich aus Bernolds
apologeticus pro decretis Gregorii VII (Uss. II, 308).
2) p. 730—732.

wir vielleicht Bertolds Werk für die Jahre 1054 bis 1066 — hier bricht der Text unvollständig ab — vor uns haben. Zwischen Bernolds Chronik und der Bertoldschen Kompilation ist nun aber für die Jahre 1054—1074 eine Übereinstimmung vorhanden, die deutlich erkennen läßt, daß der eine der beiden Chronisten den anderen für diesen Zeitraum benutzt hat. Ussermann hielt die neuerdings Mon. XIII abgedruckte St. Gallener Fortsetzung des Hermann für die Arbeit Bertolds [1]), dagegen schrieb er die sogenannte Bertoldsche Chronik und die Chronik Bernolds einem und demselben Verfasser, nämlich Bernold zu. Dieselbe Ansicht vertritt Richter in seiner Dissertation [2]). Schulzen ist sogar so weit gegangen, alle drei Texte Bernold zuzuschreiben.

Gegen die Ausführungen, wie Ussermann sie gegeben, trat Pertz ein, als er aufgrund der einzelnen Handschriften die Textausgabe für die Monumenta herstellen wollte. Er war der Ansicht, daß wir in den erhaltenen Kompilationen, alle mit Bernold übereinstimmenden Stellen herausgenommen, Bertolds eigene Arbeit vor uns haben. Daß aber diese Kompilation kein Werk Bernolds sein konnte, wie dieses Ussermann behauptet hatte, war ihm volle Sicherheit. Es ging dieses für ihn einerseits aus dem Stil hervor, welcher von dem Bernolds grundverschieden ist. Während des letzteren Sprache sehr leicht verständlich ist, eine gewisse Glätte und

---

1) Uss. I, 251—258. Der Herausgeber begeht nur den Irrtum, daß er z. J. 1066 den St. Gallener Text mit einem vollendeten Satz abschließen läßt. Waitz hat den Text Bd. XIII richtiggestellt. Danach bricht das Jahr 1066 unvollendet ab. Es ist somit nicht nachweisbar, wie weit Bertolds Arbeit, wenn wir dieselbe in diesem Codex vor uns haben sollten, gereicht hat.
2) Den Titel der betr. Abh. siehe oben p. 1.

Feinheit zeigt, ist der sogenannte Bertold überaus schwerfällig und ungewandt im Ausdruck. Zum andern aber stehen Fastenbeschlüsse von 1078 in der Kompilation unter dem Jahre 1079. Solchen Irrtum konnte unmöglich Bernold, welcher 1079 selbst auf der Synode in Rom war, begangen haben. Und das ist das bleibende Verdienst von PERTZ, daß er die Verschiedenheit der Autoren für beide Werke feststellte. Bei dem zweiten Punkte, nämlich der Frage: welcher von beiden Chronisten hat den andern benutzt? — hierbei ist PERTZ allerdings auf falsche Bahnen geraten. Für ihn stand fest, daß Bernold, wie auch das uns erhaltene Autograph lehrt, erst um 1074 seine Chronik begonnen hat. Nun las er aber in der Kompilation, die er ja für Bertolds Arbeit hielt, z. J. 1056 die Worte: Heinricus quartus, filius Heinrici, regnavit annos viginti. Das konnte dieser Autor doch erst, so folgerte PERTZ, 1076 geschrieben haben. Wenn aber Bertold später schrieb als Bernold, so konnte nach seiner Auffassung die Übereinstimmung zwischen beiden Werken nur dadurch erklärt werden, daß eben Bertold den Bernold benutzt haben mußte. So entstand denn die uns jetzt vorliegende Textedition in den Monumenten, welche die Verwirrung in dieser Frage nur noch größer machte.

Diesen Irrtum von seiten PERTZ' hat zuerst und entscheidend WAITZ berichtigt. Er betonte scharf und richtig, daß die sogenannte Bertoldsche Chronik eben nur eine Kompilation späterer Zeit ist, daß wir eben den Text Bertolds garnicht mehr besitzen. Seine Worte: „An eine Benutzung des kurzen Bernold durch den ausführlichen Bertold kann ich auch sonst nicht recht glauben. Eher scheint mir für das umgekehrte Verhältnis Manches zu sprechen. Aber die Sache erfordert eine nähere Untersuchung, und diese ist sehr schwierig, weil wir den echten und eigentlichen Bertold

garnicht haben" [1]) — diese Worte hätten bei manchen Untersuchungen, welche über die Beziehung dieser beiden Chroniken zu einander angestellt sind, eine bessere Beachtung
verdient, zumal auch durch die Ausführungen bei GIESE-
BRECHT, WATTENBACH und MAY deutlich genug gezeigt ist,
daß die sogenannte Bertoldsche Chronik weiter nichts als
eine Kompilation ist. Durch die Ausführungen dieser Männer
ist auch deutlich nachgewiesen, daß der Text des Bertold
dem Mönche Bernold für den Zeitraum 1054—1074 zugrunde
gelegen hat.

Ich schließe mich in dieser Frage voll und ganz dem
Urteile von WAITZ an. Der im 13. Bande der Mon. heraus-
gegebene Text kommt sicherlich, wenn wir auch nicht direkt
von ihm sagen können, daß er Bertolds Arbeit ist, dem ur-
sprünglichen Werke dieses Chronisten sehr nahe. Wer Bernolds Text für die Jahre 1054—1066 mit dem St. Gallener
Codex und den Kompilationen aus Muri und Engelberg ver-
gleicht, sieht auf den ersten Blick, daß derselbe dem St.
Gallener weit näher steht als den Kompilationen [2]). Eine

---

1) Gött. Nachr. 1857, p. 62, Anmerkg.
2) Siehe besonders 1061: B e r n o l d: Romae Nicolao papa
defuncto 6. Cal. Aug. Romani Heinrico regi . . . . coronam et
alia munera mittentes, de summi pontificis electione regem
interpellaverunt . . . . Deinde communi omnium consilio Chadelo
papa eligitur . . . . Bernold setzt, da er später schreibt, noch
genauer die Zeitbestimmungen und: papatum numquam possos-
surus hinzu. — C o d. S a n g a l l.: . . . . . Romani . . . . coronam
et alia munera Heinrico regi transmiserunt eumque pro eligendo
summo pontifice interpellaverunt . . . . Deinde cum communi consilio omnium Parmensem episcopum summum Romanae ecclesiae
elegit pontificem. D e r K o m p i l a t o r d e s B e r t o l d stimmt mit
dem cod. Sangall. wörtlich überein, macht aber dabei den Zu-
satz: Parmensem episcopum, m u l t i s p r a e m i i s q u i b u s d a m
u t a i u n t d a t i s s y m o n i a c e summum Romanae ecclesiae
elegit pontificem.

Kontrolle dafür, wie weit Bernold den Bertold benutzt hat,
haben wir daher bis zum Jahre 1066 in dem St. Gallener
Fragmente. Nachher ist dieselbe aber höchst schwierig und
unsicher, wir können auch getrost sagen: sie ist erfolglos.
Niemand wird bezweifeln wollen, daß die Benutzung des
Bertold durch Bernold noch über das Jahr 1066 hinausge-
gangen ist, aber die Untersuchung wird an der Hand der
Kompilation niemals Klarheit darüber schaffen. Nur so viel
steht fest, daß seit 1074 Bernold selbständig arbeitet, nach
1074 können wir keinen Zusammenhang zwischen beiden
Werken annehmen [1]).

Wenden wir uns nun zu der Frage über die Abfassungszeit der Chronik Bernolds. — Aus dem Autograph des Autors,
welches sich in der Münchener Staatsbibliothek befindet,
können wir einen sichern Anhaltspunkt hierfür gewinnen.
Pertz hat uns darüber in der Einleitung zur Chronik
in den Mon. V p. 385 Mitteilungen gemacht. Wir sehen,
daß Bernold in den ersten Jahren nach 1070 sein Werk begonnen hat. Der ganze, bis zum Jahre 1074 reichende
Teil ist ebenso wie der vorangehende Nekrolog und Papstkatalog in einem Zuge niedergeschrieben, wenigstens ist

---

1) Pertz hebt durch den Druck noch bis z. J. 1076 einige
Übereinstimmungen hervor. Dieselben beziehen sich jedoch
nur auf ganz geläufige Redewendungen, ich möchte daraus keine
Schlüsse auf Benutzung Bertolds für diese Jahre ziehen. —
Schulzen hatte selbstredend, da er für beide Werke denselben
Autor nachzuweisen sich bemühte, ein Interesse daran, diese
Übereinstimmungen hervorzuheben. So hat er denn auf p. 8
und 9 seiner Dissertation bis zum Jahre 1078 jede Redensart,
welche sich bei beiden in ein und demselben Jahre wiederfindet,
in sehr naiver Weise als Übereinstimmung und somit als Beweis seiner Behauptung hervorgehoben.

bis zu dieser Zeit die Schrift überall übereinstimmend und
gleichmäßig [1]). Bernold hat bis zu diesem Jahre mit nur
ganz geringen Zusätzen aus anderen Quellen geschöpft. Bis
1054 ist Hermann von Reichenau seine ausschließliche Quelle.
Von da ab benutzt er bis in die 70er Jahre Bertolds Fortsetzung dieser Chronik. Jedoch hat er, wie aus der Ver-
gleichung mit dem St. Galleuer Text bis 1066 nachweisbar
ist, schon einige selbständige Notizen für diese Jahre. Nach
1074 ist keine Übereinstimmung zwischen Bertolds Kompilation
und Bernold vorhanden, Bernolds eigene Arbeit beginnt.
Anfangs macht die Chronik noch den Eindruck, als ob die
Notizen zu den einzelnen Jahren mehr summarisch in einem
Zuge niedergeschrieben wären. Auch die Schilderung der
Vorgänge in Canossa kann man noch für eine mehr zu-
sammenfassende Aufzeichnung halten, jedoch wird noch in
diesem Jahre mit der Darstellung der Wahl Rudolfs und
der ersten Vorgänge nach der Wahl die Schilderung Bernolds eine gleichzeitige. Mit den einzelnen Ereignissen sind
die Notizen sogleich eingetragen [2]). Diesen Charakter behält das Werk bis zum Jahre 1097. Von hier ab wird die

---

1) Daß die Jahre 1054—1074 erst nach der Wahl
Hildebrands geschrieben sein können, geht auch aus verschiedenen Notizen in der Chronik hervor; z. B. 1056: Hilde-
brando tunc archidiacono, set postea apostolico . . . . . 1061.
Alexander papa . . . . sedit annos 12. — 1073. Der Satz nach
der Wahl Hildebrands: Cuius prudentia non solum in Italia
set etiam in Teutonicis partibus refrenata est sacerdotum in-
continentia deutet ebenso auf spätere Abfassung, vor 1074
konnte dieses Letztere Bernold nicht schreiben. — Dieser Satz
steht auch in der Kompilation, er ist dorthin jedenfalls aus
Bernold und nicht aus dem verlorenen echten Bertold über-
tragen.

2) Richter behauptet p. 22, daß Bernolds Arbeit keine
gleichzeitigen Aufzeichnungen enthalte wegen der chronologischen

Aufzeichnung ungenau, dürftig, und nachweislich sind die
Ereignisse nicht gleichzeitig eingetragen. Im Jahre 1098
werden uns schon Dinge berichtet, welche Bernold frühestens
gegen Ende 1099 bekannt geworden sein können [1]).
Im Laufe der Jahre hat Bernold an seinem Werke viel
verbessert, auch nachträglich am Rande Dinge zugesetzt.
Pertz hat dieses bei der Herausgabe in den Anmerkungen
hervorgehoben. Da sehen wir, wie Bernold am Rande Zusätze
machte, wie er sehr häufig radierte, die alten Angaben in
geänderter Gestalt oder auch dafür andere Notizen einfügte.
Nur einmal spricht Bernold in der Chronik z. J. 1086
über seine Arbeit folgendermaßen: Ego quoque ipse, qui hacc
chronica a 1054 ⁰ anno dominicae incarnationis hucusque
perduxi [2]). Wir sehen daraus, daß er mit seiner Arbeit eine

---

Ungenauigkeiten. Seine Behauptung stützt er auf zwei ganz
falsche Übersetzungen :
1) z. J. 1083: Berengarius novae haeresis . . . . . eo tempore
deficiens abiit in locum suum. Nach Richter heißt
dieses: „starb Berengar". Da nun Berengar erst 1088
gestorben ist, so kann seiner Meinung nach dieser Abschnitt nicht vor 1088 geschrieben sein.
2) z. J. 1086: Factum est hoc proelium (bei Bleichfeld) . . . .
in anniversaria die, quando Heremannus rex cum
Suevis Baioarios devicit. Dieses heißt nach Richter
„an demselben Tage des vorhergehenden Jahres", während jedermann übersetzt: „an demselben Tage, an
welchem in früheren Jahren (mögen nun 10 oder 20
Jahre — in diesem Falle sind es 5 Jahre — dazwischen-
liegen) Hermann die Baiern besiegte".
1) Siehe darüber die Kritik der Jahre 1098—1100 im
Folgenden.
2) Es ist nicht zu übersehen, dafs die Worte M⁰ L⁰ IIII⁰
anno dnicae incar auf radiertem Grunde stehen, also eine nach-
trägliche Verbesserung enthalten. Es ist sehr wahrscheinlich,
daß hier eine Zahl wie 1075 oder 1074 ursprünglich gestanden hat. Erst später hat Bernold 1054 daraus gemacht. Es
stimmt dieses auffallend zu den vielen Radierungen und neuen

unmittelbare Fortsetzung Hermanns von Reichenau zu liefern
gedachte. Obgleich er nach 1054 auch Bertolds Fortsetzung
des Hermann benutzte, glaubte er doch, weil er dieselbe
mit anderem Material und eigenen Zusätzen versah und
überhaupt mit dieser Quelle viel freier verfuhr, dieses als
seine Arbeit bezeichnen zu dürfen.

Noch ein Punkt scheint mir, bevor wir zur Kritik der Chronik
übergehen, nicht unbeachtet bleiben zu dürfen, nämlich die
Frage: wodurch wurde Bernold dazu veranlaßt, diese Chronik
zu schreiben? Mir scheint darüber einiges der Beachtung
wert zu sein. In dem Anfange der 70er Jahre begann die
große Klosterreform im Schwarzwalde. Neben Hirschau war
es vor allem St. Blasien, welches sich in den ersten 70er
Jahren zur neuen Blüte entfaltete. Wir wissen aber auch,
wie lebhaft in allen Klöstern das Bedürfnis war, über die
Zeitereignisse schriftliche Aufzeichnungen zu besitzen. In
dem Anfange der 70er Jahre ist auch Bernold nach St. Blasien gekommen, um 1074 hat er begonnen zu schreiben.
Es ist, wenn man das Zusammentreffen aller dieser Thatsachen bedenkt, sehr wahrscheinlich, daß Bernold die Chronik
im Interesse seines Klosters begonnen hat. Das Manuskript
hat er zwar 1091 nach Schaffhausen mitgenommen und dasselbe diesem Kloster später gewidmet, aber nachweislich [1])

Eintragungen, welche erst später in und zu dem Bertoldschen
Texte von unserem Autor gemacht sind. So ist z. B. das ganze
Jahr 1060 erst in Schaffhausen nachgetragen worden. Da hierdurch der ganze Abschnitt eine freiere Bearbeitung wurde, hat
ihn Bernold wahrscheinlich als seine Arbeit ausgeben wollen
und dementsprechend z. J. 1086 die Radierung vorgenommen.

1) Ersichtlich aus dem Göttweiher Codex (von Ussermann
noch benutzt, aber jetzt fehlend) und der Kompilation von
Muri. — Gies. III, 1035 hat die Kompilation aus Göttweih die
Kompilation von St. Blasien genannt. Er behauptet, dass diese
Arbeit in St. Blasien entstanden und, als um 1094 Mönche

sind in St. Blasien Abschriften dieses bis 1091 geführten
Teiles zurückgeblieben.

Der Chronik voraus geht ein Nekrolog, einige kalen-
darische Betrachtungen [1]) und der Papstkatalog. Es folgt
ein Exkurs über die sechs Weltalter, welcher wörtlich aus
Beda entlehnt ist [2]), sodann eine freie Bearbeitung von Jor-
nandes de regnorum successione, über die Weltherrschaften
bis zum Regierungsantritte des Kaisers Octavian. Nach
einer ganz unmotivierten, verkürzten Wiederholung der Schilderung der sechs Weltalter beginnt dann die Chronik bei der
Regierung des Kaisers Octavian. Bis zum Jahre 1054 ist
hier Hermann von Reichenau Bernolds Hauptquelle [3]). Die

von St. Blasien nach Göttweih kamen, dorthin gebracht sei.
Mir scheint aber GIESEBRECHT's Bezeichnung: „Compilation von
St. Blasien" nicht berechtigt. Daß aus St. Blasien Material
nach Göttweih gelangt ist, bezweifelt niemand; die Kompilation
kann aber ebenso, was mir näher liegend erscheint, aus diesem
Material in Göttweih zusammengestellt sein.

1) Vielleicht sind dieselben ebenfalls aus Hermanns na-
turwissenschaftlichen Arbeiten entlehnt, cf. Mon. V p. 267—268.

2) de sex aetatibus mundi c. 16.

3) VOLKMAR hat (Forschungen XXIV, 83 ff.) nachzuweisen
versucht, dass auch die epitome Sangallensis Bernold bei seiner
Arbeit zugrunde gelegen hat.

Bekanntlich haben BRESSLAU (Neues Archiv II, 540 ff.) und
BUCHHOLZ (Lpz. Diss. 1879) behauptet, Hermann und der Epitome hätten die sogenannten schwäbischen Reichsannalen zu
grunde gelegen. VOLKMAR dagegen betont, dass Hermann sich
durch die Epitome mehrfach habe bestimmen lassen, nicht durch
die jetzt nicht mehr vorhandenen schwäbischen Reichsannalen.
Bernold soll Hermann und Epitome vor sich gehabt haben.
Ich glaube, daß diese Untersuchungen nichts erreichen,
zumal dabei der subjektiven Auffassung sehr viel Spielraum gelassen ist. Thatsache ist, daß Hermann fremdes Geschichts-
material benutzt hat (s. Bernolds Äußerung bei Uss. II, 340: illa
chronica, quae domnus Heremannus .... ex diversis chronicis
et historiis deligentissime composuit), aber wir wissen nicht,
welche Quellen dieses waren.

Chronik hat in diesen Partien für uns nur sehr geringen
Wert. Jedoch sind auch in diesem Teile in späterer Zeit
mehrfach Zusätze gemacht, ebenso ist an verschiedenen
Stellen radiert und verbessert worden. Bedeutungsvoll sind
diese Veränderungen des ursprünglich Hermannschen Textes
in den Regierungsjahren Heinrichs III. STEINDORFF hat nachgewiesen, daß die Nachrichten, besonders in den Jahren
1044—1046, später in der Weise umgearbeitet sind, daß
darin „die Ansichten der italienischen Parteihistoriker zum
Ausdruck kamen" [1]. Dementsprechend sind auch die Be-
merkungen im Papstkatalog für diese Jahre gehalten.

Mit dem Jahre 1055 beginnt die Benutzung Bertolds
durch Bernold. Daneben werden aber auch andere Quellen
verwertet, auch fügt der Autor eigene Notizen ein. So ist
z. J. 1065 die Nachricht über die Reise Hildebrands nach
Frankreich und die Synode von Tours fast wörtlich in der
Abhandlung über Berengar enthalten [2]. Die gemeinsame
Quelle ist der vor 1070 verfaßte Traktat Lanfranks über die
Berengarsche Häresie, welche Bernold dort selbst als seine
Quelle nennt [3].

1057 [4].

Die Notiz über den Tod Heinrichs III. und den Re-
gierungsantritt H. IV. gehört in das Jahr 1056.

1058.

Über die Beschlüsse des Papstes Nikolaus II. gegen

---

1) Jahrbücher unter H. III; I, 467 ff.
2) Uss. II, 433.
3) cf. oben p. 49 u. 50.
4) Es werden im Folgenden die Jahre einzeln der Kritik
unterworfen, und nur da sollen Ausstellungen gemacht werden,
wo nachweislich Bernolds Angaben irrig sind oder der Ergän-
zung bedürfen.

die Simonisten schreibt Bernold auch einmal an seinen Lehrer
Bernhard [1]). — Diese Beschlüsse sind jedoch viel später erlassen. Wir lesen dieselben bei MANSI, Konzilsakten XIX,
897/98 und bei JAFFÉ, Regesten I₂ p. 563. MANSI setzt
dieselben in das Jahr 1059 zur Aprilsynode, JAFFÉ dagegen
mit Recht erst in das Jahr 1060 [2]). Denn es heißt in dem
Erlasse: quod in aliis conventibus decrevimus. Bekanntlich
hielt aber Nikolaus 1059 seine erste Synode ab. Die hier
von Bernold erwähnten Beschlüsse gehören also frühestens
in das Jahr 1060.

1060.

Die Verhandlungen des Papstes Nikolaus gegen Berengar
fallen in die Aprilsynode 1059 übereinstimmend in den
Quellen [3]). (Die Akten bei MANSI XIX, 900. — J. R. 1
p. 559.)

1070.

Roudpertus . . . . . abbatiae praefectus, digne postmodum est expulsus. — Die Absetzung Rudperts geschah 1072
durch einen Brief, welchen der Papst Alexander durch den
Abt Hugo von Cluny dem am 25.—27. Juli in Worms wei-
lenden Kaiser überbringen ließ [4]). Gleichfalls hatte der Papst
den Bischof Otto von Konstanz aufgefordert, das Anathem
in der Diözese öffentlich bekannt zu machen [5]).

---

1) cf. Uss. II, 234 n. 8.
2) cf. SCHEFFER-BOICHHORST, Die Neuordnung der Papstwahl
p. 47 u. 52.
3) In dem Traktate Bernolds über die Abendmahlslehre
Berengars finden wir dieselben Ausführungen (Uss. II, 433).
Dieselben gehen auf Lanfrank zurück.
4) Nach LAMBERT (Mon. V, 191).
5) s. JAFFÉ, Bibl. II p. 103: haec eadem per epistolam
episcopo Constantiensi publice praedicanda et per episcopatum
suum divulganda mandavit.

1072.

Sich widersprechend ist die Angabe des Todestages des Petrus Damiani. Bernold setzt ihn in der Chronik auf den 22. Febr. = 8. Cal. Mart., in dem Nekrolog auf 9. Cal. Mart. In der Chronik hat er aber später über der Linie 7. Cal. Mart., also 23. Februar eingefügt. Dieses stimmt auch zur Bertoldschen Kompilation und den anderen Quellen[1]).

1075.

JAFFÉ (bibl. II ep. coll. 3—5) und HEFELE (Konz.- Gesch. IV, 24 f.) wollen die Beschlüsse Gregors gegen die Priesterehe und Simonie in das Jahr 1074 setzen. Bernolds ganz positive Angaben werden aber unterstützt durch die Notizen bei Bertold und Marianus Scottus. Als neues Beweismittel können wir nun auch den früher besprochenen Briefwechsel zwischen Alboin und Bernold anführen. Wären die Beschlüsse 1074 erlassen, so kämen wir wegen des dort erwähnten Sachsenzuges von 1075 und der Bezugnahme auf die Fastenbeschlüsse in den letzten Briefen inbezug auf die Datierung in eine unlösbare Konfusion, eine Datierung wäre geradezu unmöglich.

1077.

I. Über die Vorgänge in Canossa ist das Schreiben Registr. IV, 12 das wichtigste Zeugnis. In demselben heißt es u. a.: relaxato anathematis vinculo, in communionis gratiam et sinum matris ecclesiae recepimus. Sowohl in diesem Schreiben, als auch in dem von Heinrich dem Papste gelobten Versprechen steht nicht eine Silbe davon, daß dem Könige der Papst die Ausübung der königlichen Gewalt nicht zugestanden habe. Bernolds knapp gehaltener Bericht über die

---

1) s. POTTHAST, unter dem Abschnitt: Die Heiligen, ihre Tage und Feste, wo der 23. Febr. angegeben ist (Suppl. p. 238).

Vorgänge in Canossa ist mit Ausnahme dieser, allerdings auch bei anderen Schriftstellern auftretenden Behauptung: (Heinr.) non regni sed communionis tantum concessionem vix demum extorsit richtig. Die Worte lassen außerdem erkennen, daß Bernold der Wortlaut des Rundschreibens bekannt war. — Die Behauptung, daß der Papst den König zwar absolviert, ihm aber nicht die königlichen Machtbefugnisse zuerkannt habe, ist sogleich nach dem Bekanntwerden des päpstlichen Schreibens durch die Gegner Heinrichs verbreitet worden, vor allem durch die Rebellen, welche zu Forchheim den Gegenkönig aufstellten. Daß auch Bernold dieselbe teilte, ist erklärlich, da seine ganze Umgebung sofort auf die Seite Rudolfs trat [1]).

II. Die Vorgänge zu Mainz bei der Krönung des Gegenkönigs sind von Bernold ganz falsch dargestellt. Zunächst schiebt er die Schuld, den Zwist veranlaßt zu haben, der simonistischen Geistlichkeit zu, während Bruno c. 92: Urbani .... in crudelem sunt accensi zelum schreibt, ebenso Bertold die cives Moguntiaci als Urheber nennt. Diesen beiden, unabhängig voneinander stehenden Quellen muß man schon Glauben schenken, wenn man die thatsächlichen Verhältnisse der Stadt erwägt. Mainz war gut kaiserlich gesinnt, die Bürger wollten ebensowenig wie die Wormser etwas von diesem „Pfaffenkönig" wissen. Den üblen Ausgang dieses Tumultes für den König verschweigen neben Bernold auch Bertold und Bruno. Wir wissen dieses aber aus Siegebert[2]): R. noctu aufugit, und Ekkehard[3]): Roudolfus et cuncti, qui cum eo venerunt, eiecti sunt. Daß Rudolf nach dem traurigen

---

1) cf. FLOTO II, 131 Anmerkung.
2) Mon. Germ. VI, p. 364.
3) Mon. Germ. VI, p. 203.

Abzuge von Mainz die Stadt Worms nicht zu betreten wagte, giebt der Kompilator von Bertold selbst zu: praeterita eadem civitate, rex . . . . .

III. Rudolf ist von Mainz aus durch den Schwarzwald nach Augsburg gezogen. Bernold sagt mit übertriebener Parteilichkeit: regnum sibi subiugavit. Aber selbst Bertold giebt zu, daß es mit Rudolfs Anerkennung in Schwaben höchst schlecht bestellt war [1]). — Es ist überhaupt auffallend, mit welcher Zuversicht Bernold dem neuen Könige anhängt, wie so plötzlich der Umschwung der Gesinnung eintritt. Es liegt dieses zum Teil auch daran, daß der König Rudolf auf seinem Zuge von Mainz nach Augsburg die Schwarzwaldklöster passierte. Hier fand er begeisterte Aufnahme, wie ja diese Klöster stets zu ihm gehalten haben. Schon wenige Wochen nachher finden wir ihn wieder dort das Pfingstfest feiernd. Hier sah Bernold diesen Mann selbst, von dem alle Gregorianer das Größte und Beste hofften. Ihm ist Rudolf jetzt der rex, während er von Heinrich, den er noch kurz vorher rex genannt hat, sagt: regnum in tyrannidem convertit.

IV. Bernold sagt, daß von den zwei päpstlichen Legaten, welche den König in dieser Zeit begleiteten, der eine von Ausburg aus nach Rom gesandt, aber in Gefangenschaft unterwegs geraten sei. Die Absendung desselben und Gefangennahme ist aber später erfolgt, als Bernold dieselbe ansetzt. Denn 1) Bertold, welcher uns berichtet, daß Rudolf von Augsburg nach Reichenau und Konstanz gezogen sei, sagt, daß zu Konstanz damals unter Assistenz zweier Legaten eine Synode gehalten sei [2]). 2) Gregor sendet noch am 31. Mai, während der eine Legat doch schon am 16. April von Augs-

1) V p. 283 ff.
2) V p. 293. Bertold sagt hier immer apostolici legati.

burg aufgebrochen sein sollte, an beide Legaten ein Schreiben
ab [1]). In diesem Zeitraum von $1^1/_2$ Monaten hätte Gregor
von dem Schicksale des einen Legaten schon längst Kunde
haben müssen; er hätte jedenfalls diesen Brief nur an den
anderen Legaten adressiert, und vor allem hätte er sicherlich
mit einigen Worten des gefangenen Legaten in dem Schreiben
gedacht [2]). — Des Gegenkönigs Aufenthalt in Reichenau und
Konstanz wird von Bernold garnicht erwähnt. Dagegen be-
spricht er in sehr antikaiserlicher Weise den geplanten
Reichstag zu Ezzelingen, Rudolfs Rückzug vor dem inzwischen
heranrückenden König Heinrich. Übrigens möchte ich Bernolds Aussagen über die Greuel und Verwüstungen, welche
die Truppen Heinrichs damals verübt haben sollen, nicht in
allen Stücken verwerfen. Auch Bertold spricht davon [3]) und
hebt besonders die Zuchtlosigkeit der Böhmen hervor.

V. Über den Brand der Kirche zu Wisloch berichtet
auch Bertold [4]). Wenn letzterer auch nicht den Ort mit
Namen nennt, so ist doch durch die genaue Übereinstimmung
der Thatsachen kein Zweifel, daß von beiden dasselbe Ereignis gemeint ist. Jedoch begeht Bernold einen Irrtum,
wenn er sagt, der König wäre nachher über den Rhein gegangen [5]). Nach dem sehr detaillierten und an dieser Stelle
gut orientierten Bertold [6]) ist König Heinrich von Mainz
aus gegen die Aufständischen aufgebrochen, aber dann vor

---

1) Registrum IV, 23.
2) GIESEBR. III, 438, und RANKE, Weltgesch. VII, 289,
lassen ebenfalls beide Legaten dem Berichte Bernolds entgegen
in Konstanz sein. — FLOTO II, 162 folgt der irrigen Ausführung Bernolds.
3) V, 295.
4) ib. p. 301.
5) ultra Renum fugiens.
6) p. 299 ff.

ihnen über den Rhein zurückgewichen. Nach einiger Zeit
ist er wieder über den Rhein gegen die Rebellen vorgerückt.
Hierbei kam es zwar zu keinem Zusammenstoß, wohl aber
zu einem Waffenstillstand. Die beiden Heere trennten sich,
Heinrich zog südwärts unter starken Verheerungen durch
Schwaben nach Augsburg. Hierbei hat sich die furchtbare
Szene in Wisloch ereignet [1]). Bernold verlegt also dieselbe
fälschlich in den ersten Rückzug des Königs, während sie
erst später, nach dem Abzuge infolge des Waffenstillstandes,
sich zugetragen hat.

1079.

Nicht richtig ist der Bericht über die Reise der päpstlichen Legaten nach Deutschland in diesem Jahre: legati ....
in Teutonicam terram pervenientes, oboedientiam Rudolfi et
inoboedientiam Heinrici indubitanter probaverunt; quod et
postea .... papae viva voce protestati sunt. Bertolds Bericht[2]) ist weit genauer und wird, soweit dieses kontrollier-
bar ist, durch die Briefe im Registrum unterstützt. — Die
Gesandten werden nach Registr. VI, 38 im Juni nach
Deutschland aufgebrochen sein, nach Reg. VII, 3 waren sie
am ersten Oktober noch nicht zurückgekehrt. Bertold berichtet nur, daß die Legaten am Hofe Heinrichs reich be-
schenkt wurden, daß besonders Ulrich von Padua der Be-
stechung sehr zugänglich gewesen sei. So viel steht fest, daß
sie eine inoboedientia Heinrici gewiß nicht konstatiert haben;
denn die Gegenpartei hat über das Verhalten der Legaten
beim Papste Klage geführt[3]).

---

1) Ebenso GIES. III, 445 f.; KILIAN, Itinerar H. IV., p. 79.
2) p. 322 f.
3) Die Briefe Reg. VII, 3 (Schreiben Gregors an die Deutschen): si legati nostri aliquid contra, quod illis imposuimus,
egerunt, dolemus .... — ep. coll. 31 (Brief Gregors an die beiden

Noch viel weniger haben die Legaten bei ihrer Rückkehr viva voce gegen Heinrich Klagen vorgebracht. Bertold, welchem ich wegen der Übereinstimmung mit Gregors Briefen an dieser Stelle Glauben schenke, sagt uns, daß Ulrich früher als Petrus von Alba nach Rom zurückgekehrt sei und daselbst, durch Geschenke Heinrichs bestochen, nur Gutes von demselben berichtet habe. Er habe aber später, als Petrus nach seiner Rückkehr anders berichtet habe, sich den Aussagen desselben angeschlossen.

Anmerkung: Es ist sehr auffallend, daß wir über die Erhebung Friedrichs von Hohenstaufen zum Herzoge von Schwaben (24. März 1079 zu Regensburg) bei Bernold nichts lesen. Diesen Mann erwähnt er überhaupt mit keiner Silbe in seiner Chronik. Auch vorher z. J. 1077 verschweigt er die von König Heinrich über Rudolf, Welf und Bertold auf dem Reichstage zu Ulm ausgesprochene Acht. Wir sehen, daß Bernold Dinge im Interesse und zugunsten seiner Partei absichtlich verschweigt.

1080.

I. Wiederum ist hier inbetreff der 1079 nach Deutschland entsandten Legaten der Fehler: de Teutonicis partibus praedicti sedis apostolicae legati (ad sinodum) redierunt. Die Legaten sind einzeln nach Italien zurückgekehrt, außerdem ist schon 1079 der Befehl an den Legaten Petrus ergangen, nach Rom zurückzukehren [1]).

Legaten): sunt multi, qui de legatione vestra murmurare incipiunt, suspicantes, vos aliter velle incedere, quam a nobis praeceptum est, et alterum vestrum nimis simpliciter, alterum non adeo simpliciter acturum esse, causantur. cf. Giesebr. III, 486; Floto II, 215.

1) Bertold; V, p. 322: missis litteris papae Petrum . . . . . . quantotius redire praecepit.

II. Bernold setzt in der Chronik und im Nekrolog den Tod Rudolfs auf den 15. Oktober (Id. Oct.), behauptet aber, Rudolf wäre nach den empfangenen Wunden: postea uno die superstes verschieden. Danach hätte die Schlacht bei Hohen-Mölsen am 14. Okt. stattfinden müssen. Ich glaube aber, daß wir hier dem Lokalberichte des Bruno c. 124 den Vorzug geben müssen [1]). Danach hat die Schlacht am 15. Okt. stattgefunden. Der Todestag ist hier nicht genannt, es geht aber aus dem Berichte zweifellos hervor, daß Rudolf noch an demselben Tage verschieden ist, wie dieses die schweren Verletzungen nicht anders erwarten lassen [2]).

III. Den Sieg der kaiserlichen Truppen über ein Heer der Markgräfin Mathilde setzt Bernold auf den 15. Oktober, den Todestag Rudolfs. Dem entgegen steht der allerdings sehr bedenkliche Bonizo (lib. ad amicum): post paucos dies, postquam haec (Schlacht bei Mölsen) gesta sunt [3]) . . . . . . Andere Quellen hierüber fehlen.

1082.

Unsere Nachrichten über die Belagerung Roms in diesem Jahre durch die Truppen Heinrichs sind sehr lückenhaft und unsicher. Bernolds Worte: ibique ea aestate moratus sind nur insoweit richtig, als daß das Heer während dieser Zeit thatsächlich vor Rom lagerte. Heinrich war jedoch schon nach einiger Zeit in die Lombardei zurückgekehrt; Bonizo [4]) sagt: post pascha [5]). Nach der Urkunde: STUMPF 2845 war er am 23. Juli zu Pavia.

---

1) Mon. V, p. 381.
2) Brun. ib.: dextera manus . . . . amputata, et grave vulnus haberet venter, ubi descendit ad ilia.
3) Bonizo IX bei JAFFÉ, Bibl. II, p. 677.
4) JAFFÉ, Bibl. II, 678.
5) 24. April.

1083.

Bernolds Bericht über die Vorgänge zu Rom und über das Leben und Treiben in den Schwarzwaldklöstern ist eine Hauptquelle. Es tritt allerdings auch hier sehr die päpstliche Tendenz in den Vordergrund. Aber außerdem verliert dieser Bericht, besonders inbezug auf die Vorgänge in Rom, sehr an Bedeutung, weil wir, soweit unsere Kontrolle reicht, dabei auf Unrichtigkeiten stoßen. — Zunächst ist der Satz: Ottonem .... (rex) captitavit, videlicet ad ipsum ab apostolica sede transmissum zum mindesten ungenau, wenn nicht vielleicht mit einer gewissen Absicht so gewählt. Genauer orientiert uns Reg. VIII, 58ª, wo. wir lesen: (Heinricus) Hostiensem episcopum de apostolica legatione redeuntum .... capi iussit sive permisit. Es ist also nicht einmal gewiß, ob die Gefangennahme auf Befehl des Königs geschehen ist. Aus Bernolds Worten läßt sich wohl herauslesen, daß die Gefangennahme auf der Abreise vom Hoflager erfolgt sei, aber auch ebenso kann man die Worte dahin auslegen, daß Otto gleich bei seinem Erscheinen verhaftet worden wäre. — Ferner sagt Bernold: multi ex Francigenis wären zu der vom Papste einberufenen Synode erschienen, während uns Reg. VIII, 58ª meldet: pauci quoque Gallicani.

Von höchster Wichtigkeit ist Bernolds Behauptung, daß der Papst von dem Abkommen der Römer mit Heinrich, ebensowenig seine nächste Umgebung etwas erfahren habe[1]). — Schon Giesebrecht sagt[2]): „Es ist schwer zu glauben, obwohl es versichert wird, daß Gregor von dem Pakt des römischen Adels mit Heinrich keine Kenntnis gehabt habe." In der

---

1) omnes intimos papae usque ad terminum pene latuit.
2) III, 552.

That kann auch ich mich nicht davon überzeugeu, daß
monatelang diese Sache nicht nur dem Papste, sondern
sogar dessen nächster Umgebung unbekannt geblieben sein
soll. Bernold ist zwar hier die einzige Quelle, aber ich
möchte seinen Angaben, an denen wir im Folgenden noch
viel auszusetzen haben, nicht bedingungslos trauen. Mag man
auch immerhin, um nicht alles zu verwerfen, zugeben, daß
die Römer ohne vorausgegangene Beratung mit Gregor den
Pakt mit Heinrich eingingen, aber ebenso gewiß ist der
Papst sofort von diesen Vorgängen unterrichtet gewesen.

1084.

I. Die Angaben über die Einnahme Augsburgs sind entschieden in einer für die Gegner Heinrichs beschönigenden
Weise zugestutzt (viriliter eripuit). Es geht dieses aus
dem Berichte der allerdings kaiserlich gesinnten, aber doch
verhältnismäßig objektiven Augsburger Annalen hervor [1]).
Danach ist die Stadt: dolis quorundam fraudulentorum . . . . . .
civibus nihil timentibus in die Hände der Gegner geraten.
Auch haben die Truppen Welfs sehr wüst in dieser Stadt
gehaust nach dieser Quelle: in curte episcopali tres ecclesiae
cum palatio aliisque aedificiis concrematae sunt.

II. Der in diesem Jahre berichtete Tod der Königin
Mathilde von England fällt auf den 3. Nov. 1083 [2]).

III. Bernold berichtet z. J. 1083 übereinstimmend mit
dem chronicon Posoniense über die Gefangennahme Salomons.
Jedoch gehen beide Quellen z. J. 1084 auseinander. Während
Bernold von Wlatislaus, dem Manne seiner Partei, sagt: Sa-
lomonem . . . . ad uxorem ire permisit, so berichtet das chron.

---

1) Mon. Germ. III, 123—136.
2) s. Pauli, Gesch. Englands II, 161.

Pos., daß Salomon nur durch Flucht sich den Fesseln des Kerkers entzogen habe [1]). Die letztere Quelle verdient den Vorzug.

IV. Die Nachrichten über die byzantinische Gesandtschaft an Heinrich, sowie über die Geldsendungen sind, wie schon GIESEBRECHT bemerkt hat, sehr verworren. Jedoch sind die Ungenauigkeiten wohl teilweise auf Unkenntnis und mangelhafte Nachrichten zurückzuführen. — Nach Anna Comnena III, 10 [2]) ist bereits 1081 eine Sendung nebst Schreiben des Kaisers Alexius abgegangen. Eine zweite Geldsendung ist später gefolgt, wobei in dieser Quelle die Zeit nicht angegeben wird. Wahrscheinlich ist dieselbe 1083 erfolgt. Zu diesem Jahre schreibt auch Ekkehard: muncra multa et magna in auro et argento vasisque ac sericis hätten byzantinische Gesandte Heinrich gebracht [3]). Über andere Sendungen von Byzanz ist nichts bekannt. Jedenfalls ist die bei Bernold gegebene Notiz auf die bei Anna Comn. und Ekkehard genannte zweite Sendung vom Jahre 1083 zu beziehen.

Was nun den Eid betrifft, welchen Heinrich dem byzantinischen Kaiser nach Bernolds Angabe geleistet haben soll, so ist damit der Bericht bei Anna Comn. III, 10 zu vergleichen, wo der Brief wiedergegeben wird, welchen Alexius mit der ersten Sendung an Heinrich sandte [4]). Von einem

---

1) s. auch GIES. III, 1171.
2) Corpus scriptorum Byz. I, 175.
3) Mon. VI z. J. 1083.
4) Darin heißt es u. a.: καὶ τελειουμένου τοῦ ὅρκου παρὰ τῆς εὐγενείας σοι, σταλήσονταί σοι καὶ οἱ ὑπόλοιποι διακόσιοι δεκαὲξ χιλιάδες τῶν νομισμάτων . . . . Ὅπως μέντοι ὀφείλει τελεσθῆναι ὁ ὅρκος, προεδηλώθη πάντως τῇ εὐγενείᾳ σου, ἀπαγγελεῖ δ' ἔτι σαφέστερον καὶ ὁ πρωτοπρόεδρος Κωνσταντῖνος καὶ κατεπάνω, ὥς . . . . ἕκαστον τῶν κεφαλαίων, ἅπερ μέλλουσι ζητηθῆναι καὶ

Eide ist allerdings dariu die Rede. Ob dieser Eid aber geleistet ist, wissen wir nicht. Der Umstand, daß Anna nichts
darüber berichtet, läßt vermuten, daß derselbe überhaupt
nicht geleistet ist [1]). Auch sonst wird nirgends darüber
etwas berichtet. Bernolds Behauptung, daß Heinrich damit
einen Treubruch oder sogar Meineid begangen habe, ist
alleinstehend und übertrieben. Zweifellos bestimmte Alexius
das Geld für die Bekämpfung des gefährlichen Robert Guis-
card, ebenso zweifellos hat Heinrich damit zunächst die
Bekämpfung des Papstes durchsetzen wollen, erst in zweiter
Linie kam für ihn Robert inbetracht. Aber selbst für den
Fall, daß Heinrich diesen Eid geleistet hat, kann man ihm
nicht direkt Meineid und Treubruch vorwerfen. Denn wir
haben das Zeugnis Ekkehards, wonach Heinrich im Februar
1084 einen Zug nach Campanien unternommen hat, welcher
ihn „siegreich bis an die Grenzen Apuliens gebracht hat" [2]).

V. Nach der Kaiserkrönung wurde heftig um die
Engelsburg herum gekämpft. In der That blieben alle An-
stürme auf dieselbe erfolglos. Bernold berichtet darüber
wieder sehr parteilich, auch sind seine Angaben — vielleicht
absichtlich — lückenhaft. Ganz unerwähnt läßt er z. B.,
daß im April das Capitol in Heinrichs Hände geriet, wo
der Kaiser am 29. April einen Gerichtstag abhielt [3]).

VI. Der Bericht Bernolds über die Vorgänge am Lech

παρὰ τοῦ γενησομένου παρὰ σοῦ ὅρκου βεβαιωθῆναι (= qui de
singulis capitibus, quae expediri et iureiurando a te firmari
oportet, mandata a maiestate nostra acceperit).

1) s. auch Floto II, 253.
2) Kilian, Itinerar H. IV., p. 100.
3) Die Urkunde bei Gies. III, 1260 abgedruckt: Actum in
civitate Romana apud Capitolium. — Ebenso Pand. Pis.: rex
Capitolium ascendit . . . . . (bei Gregorovius, Gesch. d. Stadt
Rom IV., 231).

steht im krassesten Widerspruche zu den Augsburger Annalen. Erscheint derselbe schon äußerlich verdächtig, so wird er durch die sicheren und detaillierten Angaben der Augsb. Annalen vollständig umgestoßen und als ein grobes Lügengewebe, nur zur Verwischung des Mißerfolges seiner Partei zugespitzt, hingestellt. — Nach den Annalen war der Kaiser mit einem Heere von Regensburg zum Entsatze der Stadt. Augsburg aufgebrochen. Am Lech lagerten sich die Truppen Heinrichs und Welfs gegenüber, und zwar 14 Tage nach der Augsburger Quelle. Welf zog darauf ab, und der Kaiser war bereits am folgenden Tage im Besitze der Stadt Augsburg [1]).

Bernold hat hier entschieden mit Absicht eine falsche Darstellung der Thatsachen gegeben. Bei der Nähe, in welcher sich die Ereignisse abspielten, ist es unmöglich, daß Bernold, der doch sonst über die entferntesten Dinge Bescheid zu geben weiß, hierüber keine genauen Nachrichten erhalten habe. Der Autor hat hier eine Schlappe seiner Partei eben verwischen wollen. Um dieses zu erreichen, hat er die Lüge nicht gescheut.

VII. In dem folgenden Berichte über die Belagerung einer durch Anhänger des Kaisers besetzten Burg ist Bernold in seinen unnatürlichen Lobpreisungen seiner Partei und dem Heruntersetzen der Gegner wieder sehr parteilich. Von den heranrückenden und die Burg besetzenden Schwaben sagt er natürlich: viriliter eripuerunt, während die Belagerten als Anhänger Heinrichs selbstredend gleich fliehen. Die für die Geschichte ja unbedeutende Szene wird natürlich, da ein Vorteil der Anhänger Gregors damit erzielt ist,

---

1) Ekkehard z. J. 1084 ebenso: civitatem Augustam ab Alamannis invasam obsedit et cepit.

rühmend hervorgehoben. Das prahlerische Hervorheben dieses Ereignisses ist so recht das Gegenstück zu der soeben besprochenen Darstellung der Augsburger Angelegenheit.

1085.

I. Der Bericht über die Quedlinburger Synode ist sehr ausführlich und genau. Ich habe schon in der vita Bernolds p. 14 die Vermutung ausgesprochen, daß Bernold auf dieser Synode selbst anwesend war. Die Gründe sind folgende:

1) Bernold berichtet uns sonst über die auf Synoden erlassenen Bestimmungen stets lückenhaft. Oft fehlen ganz wesentliche Punkte in seinen Berichten, trotzdem er gerade hierüber gutes Material erhielt. Hier giebt er uns aber von den Quedlinburger Verhandlungen einen bis in das Kleinste ausführlichen Bericht. Dazu bringt er einige Angaben, die wir sonst nie bei ihm lesen: cum omnes iuxta ordinem suum consedissent, oder: Gumpertus in mediam sinodum se contulit, ferner die Schlußworte: in fine sinodi sententia anathematis cum ardentibus candelis promulgata est — alles Dinge, welche von Bernolds sonstiger Darstellungsweise über solche Verhandlungen abweichen. Man hat das Gefühl, als ob der Autor beim Niederschreiben dieser Zeilen sich lebhaft im Geiste vergegenwärtige, was er dort auf der Synode selbst gesehen und gehört hat.

2) Unsere Vermutung wird noch bestärkt dadurch, daß er selbst berichtet, es wären Gesandte Gebhards auf dieser Synode gewesen. Wir dürfen daran keinen Anstoß nehmen, daß Bernold nicht seinen Namen ausdrücklich nennt. Denn es ist bekannt, wie sehr er alle persönlichen Verhältnisse hervorzuheben vermeidet. Wir würden z. B. von seiner Anwesenheit auf der römischen Synode 1079 nichts wissen, wenn nicht Bernold in dem Traktat über Berengar dessen

Erwähnung thäte. In der Chronik bringt er kurze Notizen über jene Synode, aber seine Anwesenheit daselbst verschweigt er. Wen wird aber wohl Gebhard besser zu dieser Gesandtschaft herangezogen haben können als diesen gewandten und erfahrenen Kleriker, den er gleich nach seiner Wahl in seine Nähe zog? Auch im nächsten Jahre finden wir ihn im Lager des Gegenkönigs Hermann. — Ich glaube, wir dürfen Bernold unter den Männern der legatio Gebhards vermuten, wenn wir diese einzelnen Momente zusammenfassen. Es scheint an dieser Stelle ein Lichtstrahl in das Dunkel zu fallen, welches sonst über den Verhältnissen dieses Mannes lagert, welches aber zum großen Teil durch Bernolds Bestreben, überall seine Person möglichst in den Hintergrund zu stellen, verursacht ist.

II. Der Bericht über die vom Kaiser nach Mainz einberufene Synode ist sehr lückenhaft. Vor allem wird des dort proklamierten Landfriedens mit keinem Worte Erwähnung gethan [1]).

III. Der Abfall der Sachsen zugunsten Heinrichs ist wieder ganz verworren. Das Hervorheben des Namens Heinrich an dieser Stelle durch griechische Buchstaben hat man nicht mit Unrecht für ein Zeichen dafür angesehen, wie erbittert der Chronist gegen den Kaiser ist. Der Abfall der Sachsen ist lediglich durch den Tod Gregors VII. hervorgerufen worden, wie das schon FLOTO [2]) hinlänglich betont hat. Nach KILIAN's Ausführungen [3]) war der Kaiser Juli und August in Sachsen und ist ungehindert bis Magdeburg vor-

---

1) Das Gesetz abgedruckt: Mon. Germ., leges II, 55 ff. — Ekkeh. 1085: ibi etiam communi consensu atque consilio constituta est pax dei.
2) II, 315.
3) p. 104—105.

gedrungen [1]). Zur Umkehr ist Heinrich nur durch den Verrat und die unerwartete Erhebung des Grafen Ekbert genötigt worden, nicht dadurch, daß er die pristinam
tirannidem in illos exercere begonnen habe.

1086.

I. Den Tod Robert Guiscards setzt Bernold falsch in
das Jahr 1086. Robert ist bereits 1085 gestorben nach
Guill. Apul. l. V, Vers 280 ff. [2]) und nach Lup. Protosp. [3]),
wo auch die Todesart (Ruhr) angegeben wird. Den Todestag,
17. Juli giebt der Anonymus Barensis [4]).

II. Der Bericht über die Schlacht bei Pleichfeld ist,
obwohl Bernold hier als Augenzeuge berichtet, nicht genau
und sehr tendenziös. Die Niederlage und Flucht des kaiserlichen Heeres wird lediglich der Feigheit zugeschrieben,
während die Männer seiner Partei nicht genug Lob erhalten
können.

Das Heer Heinrichs soll nach Bernolds Angabe 20000
Mann stark gewesen sein. Diese Notiz verdient Glauben,
denn selbst die Augsb. Ann. sagen: collecta non modica
multitudine. Über den Hergang der Schlacht gehen die
Quellen leider auseinander, wenngleich sie alle nicht so parteilich erscheinen wie Bernolds Bericht. Wir vermögen daher nicht festzustellen, ob nach seiner Angabe wirklich das
kaiserliche Heer — allen voran der Kaiser selbst [5]) — gleich
beim ersten Anprall auseinandergestoben ist. Die kaiserlichen Quellen sprechen durchweg von Verrat im Heere des

---

1) Ann. Magdeb. — De unitate eccl. II, 28.
2) Mon. Germ. script. IX, 296.
3) Mon. V, 62.
4) MURATORI V, 154.
5) p. 445: Heinr .... primus inter primos terga vertens.

Kaisers [1]), die Quellen der Gegenpartei schweigen darüber.
Es läßt sich diese Sache nicht entscheiden. Floto's Ausführungen [2]) über den eigentlichen Grund der Niederlage
enthalten sehr viel Ansprechendes. Er schreibt die Niederlage lediglich dem Umstande zu, daß das kaiserliche Heer
meist aus Bauern und nur sehr wenigen Rittern bestanden
habe. Dem Anprall des schlagfertigen Gegenheeres hätten
die Bauern nicht standhalten können, sie wären unbarmherzig
niedergehauen worden [3]). Dieses erklärt auch die große Menge
der Toten im kaiserlichen Heere und die nur wenigen Toten auf
der Seite der Gegner [4]). — Elende Feigheit, wie sie besonders dem Kaiser vorgeworfen wird, ist aber entschieden eine
Übertreibung Bernolds. — Selbstverständlich wird die infolge
dieses Sieges bewirkte Einnahme Würzburgs mit den größten
Ruhmesworten hervorgehoben, aber ebenso natürlich ist für
einen Parteischriftsteller wie Bernold, daß er die bald darauf
erfolgte Rückeroberung Würzburgs durch die Truppen des
Kaisers [5]) einfach mit Stillschweigen übergeht. Er wollte
und durfte ja ein solches Ereignis, wodurch eigentlich der
ganze Erfolg der Schlacht bei Pleichfeld wieder aufgehoben
war, nicht in seine Chronik setzen.

III. Die Notiz über die Belagerung einer Burg in
Bayern durch Heinrich finden wir bei Bernold allein. Sie
sieht aber im höchsten Grade bedenklich aus. Wenn man

1) De unit. eccl. p. 98 (ed. Schwenkenbecher): dolus
magis quam virtus hostibus victoriam peperit; und: cum pro-
ditione ac perfidia sociorum dimicatum est. — Ann. Aug.:
exercitus . . . . . . utrum consilio an ignavia . . . . terga vertit.
— Ähnlich vita Heinrici c. 4.
2) II, 320.
3) s. auch Ranke, Weltgesch. VII, 317.
4) Bernold nennt 15, Siegbert 14 Tote.
5) Ann. Hildesh.; ann. Wirzeb.; Ekkeh; de unit. eccl.

auch, da andere Quellen fehlen, an der Thatsache der Belagerung nicht zweifeln kann, ebensowenig, daß zugunsten der Belagerten ein Ersatzheer unter Welf und Bertold herbeigekommen und vielleicht auch über Frieden verhandelt ist, so ist aber alles andere so parteiisch und gehässig gegen Heinrich, daß man es einfach für unwahr erklären darf.

1087.

I. Die Erfolglosigkeit der schon am Ende von 1086 angedeuteten Reichsversammlung betonen auch die Augsb. Annalen [1]). Jedoch klingen die wieder unkontrollierbaren Worte über das Verhalten des Kaisers: ingenio et dolo, ... praedictum colloquium ne fieret, efficere voluit, und iustitiam solito more subterfugiens . . . . . adesse contempsit sehr gehässig und parteilich.

II. Merkwürdigerweise berichtet Bernold sogar über die Wahl und Weihe Desiderius' ungenau. Die Wahl desselben zum Papste ist bereits am 24. Mai 1086 [2]) erfolgt, die Weihe erhielt derselbe nicht exeunte Maio mense, sondern bereits am 9. Mai 1087 [3]).

1088.

I. Die Angaben über die Sachsenereignisse im Anfange dieses Jahres sind zunächst, was Ekbert betrifft: regnum affectare manifestavit, unrichtig. Die Quellen berichten hiervon nichts, sodann wird diese Notiz durch den Inhalt der am 1. Februar 1089 zu Regensburg von Heinrich ausgestellten Urkunde [4]), in welcher abermals über Ekbert die

---

1) Condictum in Oppenheim concilium sine effectu dissolvitur.
2) J. R. I, p. 655.
3) J. R. I, p. 656.
4) Posse, Urkunden von Meißen und Thüringen I, 349—351 (Codex dipl. Sax.).

Acht ausgesprochen wird, völlig widerlegt. Dieselbe giebt
einen vollständigen Überblick über die Empörungsgeschichte
desselben; seine Vergehen werden hier aufgezählt, von einer
geplanten Usurpation der Königswürde schweigt aber dieses
Diplom. — Ebenso ist es mindestens ungenau, wenn Bernold
sagt: principes regni regi (nämlich Hermann) tanto firmius
deinceps adherere ceperunt. Jedermann weiß, daß dieser
Gegenkönig in diesen Jahren ein leeres Schattenbild, ganz
in den Händen der Geistlichkeit war. Bernold muß außerdem noch in demselben Jahre berichten: Heremannus rex
catholicus ... in Lotharingiam secessit.

II. Über die zahlreichen Quellen zu dem auch von
Bernold erwähnten Kriegszuge der Pisaner nach Afrika ist
Gies. III, 1167 zu vergleichen. Als Schlachttag steht danach der 6. August fest. Jedoch geben die Quellen über
das Jahr keine Sicherheit. Giesebr. sagt, daß alle Quellen
mehr auf 1087 als 1088 hinweisen. Diese Vermutung findet
in der Stelle, wo diese Notiz bei Bernold steht, eine Stütze.
Bernold trägt bekanntlich die einzelnen Nachrichten, wie sie
ihm gerade kommen, ohne jeden Zusammenhang, nachdem
er sie, wo es not thut, für seine Parteizwecke zugestutzt
hat, in seine Chronik ein. Nun finden wir die Nachricht
von dem Siege der Pisaner zwischen Aufzeichnungen, welche
im März und April 1088 sich zugetragen haben. Wäre dieser
Kampf erst Aug. 1088 erfolgt, so würde Bernold denselben
gewiß erst an späterer Stelle genannt haben.

III. (Über den Kampf Ekberts und Heinrichs siehe z.
folg. Jahre.)

1089.

I. Ganz unbrauchbar ist dasjenige, was Bernold über
den Kampf des Kaisers mit Ekbert giebt. Der Autor ist
hier ganz ungenügend unterrichtet. So berichtet er am

Schlusse des Jahres 1088 von einem Siege Ekberts und gleich im Anfange von einem ähnlichen Ereigniss, welches sich in vigilia nativitatis Domini 1088 zugetragen haben soll. Mit allen übrigen Quellen ist dieses absolut nicht zu vereinen. Wir lesen überall nur von e i n e m feindlichen Zusammentreffen zwischen Ekbert und dem Kaiser um diese Zeit. Die ann. s. Disibodi [1]), welche hierüber am ausführlichsten berichten [2]), melden, daß Heinrich um Weihnachten mit der Belagerung der Burg Gleichen bei Erfurt beschäftigt gewesen sei, und daß hier der Überfall geschehen sei. Dieses ist das bei Bernold z. J. 1089 genannte castellum, ebenso geht darauf z. J. 1088: de obsidione cuiusdam munitionis. — Die ann. Dis. berichten ebenso wie Bernold von dem Tode des Bischofs Burchard von Lausanne bei diesem Kampfe und sagen dazu: qui lanceam regalem ferebat. Wahrscheinlich will Bernold, freilich in ganz entstellter Form, mit den Worten 1088: ablatis sibi regalibus insignibus und ebenso 1089: perditis regalibus insignibus dasselbe melden. Man sieht hieraus deutlich, daß zwei ganz verschiedene Berichte über den Überfall bei Gleichen dem Chronisten zugegangen sind, und er hat sie in der Meinung, eine zweifache Niederlage des Kaisers melden zu können, niedergeschrieben. So weit möchte ich nicht gehen, um zu behaupten, daß die Wiedergabe dieses Ereignisses in doppelter Gestalt eine Erfindung Bernolds wäre [3]).

II. Die V p. 449/50 von Bernold erwähnte Synode ist

---

1) Mon. Germ. script. XVII, p. 9.
2) Der Bericht wird durch die ann. Aug. und de unit. eccl. II, 35 bekräftigt.
3) Gies. III, 628. — Die Angaben Bernolds über die für den Kaiser schmählichen Abzugsbedingungen bedürfen wohl keiner näheren Zurückweisung; sie sind völlig aus der Luft gegriffen.

die zu Melfi im September 1089 gehaltene. Auf derselben
waren nur 70, nicht, wie Bernold meldet, 115 Bischöfe anwesend ¹).

1091.

I. Die Nachrichten über Urbans Aufenthalt in Campanien, sowie über die Rückkehr Wiberts nach Rom sind
sehr tendenziös gehalten. Bernold sagt: papa facile Romam
cum exercitu intrare potuisset, ... si non magis cum
mansuetudine causam suam agere delegisset. „Schon im
Sommer 1090 mußte der Papst Rom verlassen, die Wiber-
tisten gelangten in den Besitz der Engelsburg, und Urban
konnte während eines Zeitraums von drei Jahren in Rom
nicht einziehen" ²).

II. Unter dem p. 452 Zeile 16 erwähnten scriptum cuiusdam ad ..... Bernhardum ist selbstredend der bei Uss. als
opsc. II abgedruckte Brief Bernolds an Bernhard ³), nicht, wie
Pertz will, der dort als opsc. I gegebene Briefwechsel zwischen
beiden zu verstehen. Denn nur in opsc. II wird testimoniis
sanctorum patrum evidentissime probatur, quid sancti patres
de illa quaestione censuerint sentiendum.

1092.

Über den Mönch Tuto von Schaffhausen berichtet Bernold zu diesem Jahre: cepit apostatare. Über diesen Streit
schreibt ausführlich Henking in seiner Arbeit ⁴). Danach

---

1) J. R. I, p. 664.
2) Gies. III, 600 und 1168. Über den Aufenthalt des
Papstes in diesem Jahre siehe J. R. I, p. 667—673. Am 20. Nov.
1093 finden wir Urban erst wieder in Rom. — Bernold muß
übrigens selbst dieses Factum zugeben. Er sagt, Urban habe na-
tivitatem Domini extra Romam 1091 und 1092 gefeiert.
3) Uss. II, 230 ff.
4) Gebhard von Konstanz p. 40 ff.

hat dieser Streit viel früher als 1092 begonnen. Schon am 13. April 1090 fordert Urban II. den Bischof Gebhard auf ein Gesuch des Abtes Sigfrid von Schaffhausen hin auf, in dieser Angelegenheit einzuschreiten [1]).

1093.

I. Die Schilderung über den Augsburger Bischofswechsel ist ein leeres Phantasiegebilde des Autors. Ganz anders berichtet die Lokalquelle, die Augsb. Annalen. Danach ist Sigfrid bekanntlich 1088 in Gefangenschaft geraten, aber 1090 von den Augsburgern selbst losgekauft worden [2]). Seitdem ist dieser Bischof stets in Augsburg geblieben, alle Versuche der Gegner, ihn zu vertreiben, sind erfolglos geblieben. Die Erhebung des Abtes Eberhard von Kempten 1094 ist ebenfalls ein solcher Versuch, welcher aber völlig gescheitert ist. Nach den Annalen ist dieser Abt überhaupt nicht einmal in der Stadt Augsburg gewesen. Es schreibt unsere Quelle von ihm 1094: pro usurpando sibi ab imperatoris filio Augustensi episcopatu .... Italiam ingressus, morbo consumptus est Italico. Man sieht, es war das Ganze ein höchst unglücklicher Versuch der Gegner, und der Gewählte wollte sich von dem jungen Konrad, welcher in dieser Zeit auch zum Rebellen wurde, bestätigen lassen. Nun lese man dagegen Bernold: Augustenses episcopum .... expulerunt, ipsique sibi catholicum pastorem canonice elegerunt — ist das nicht eine Lüge der gröbsten Art? — Die folgenden Worte über die Gefangennahme des Bischofs Ogger von Ivrea durch diesen neugewählten Bischof finden sich allein bei Bernold. Es mag ja vielleicht Eberhard durch irgend

---

1) J. R. I, 5434 (4030).
2) s. ann. Aug. z. J. 1090.

einen klugen Handstreich den kaiserlichen Bischof Ogger gefangen haben. Da aber hier Bernold in dieser Sache die
einzige Quelle ist, da er ferner gerade hier sehr grob lügt,
so können wir wohl durch diese ziemlich verdächtig klingenden Worte einen Strich machen [1]).

II. Eine Schwierigkeit macht der Bericht über die
Metzer Bischofswahl, da derselbe entgegen der Darstellung
bei Hugo Flav. [2]) ganz positiv behauptet, Gebhard habe
dort die Weihe an dem neuen Bischof Poppo vorgenommen.
Nach Hugo hat der Erzbischof von Lyon unter dem Beisein
der Bischöfe von Maçon und Langres — von Gebhard
schweigt diese Quelle überhaupt — diesen kirchlichen Akt
vollzogen. — Wir finden in diesem Punkte einen Ausweg
durch das chronicon St. Huberti Andeg. [3]). Dort heißt es:
Metensis ecclesia elegit sibi episcopum . . . . . Burchardum [4]),
praepositum Treverensis ecclesiae. Qui evocavit ad se con-

---

1) GIES. III, 657 sucht die Worte Bernolds folgendermaßen
zu erklären: „So sandte der Kaiser i. J. 1093 den Bischof Ogger
von Ivrea, der ihm seit Burchards Tode als Kanzler für Italien
diente, über die Alpen, um in Augsburg eine Änderung herbei-
zuführen. Es war vergeblich; denn schon in den Pässen wurde
Ogger von dem Gegenbischof Eberhard gefangen genommen."
GIES. Erklärung über die Absendung des Kanzlers ist nicht
zutreffend. In Augsburg waren die Verhältnisse so, daß Heinrich dort nichts zu besorgen hatte. Diesen Zweck hat die Absendung des Kanzlers jedenfalls nicht gehabt. Im übrigen
scheint GIES. wirklich an eine erfolgreiche Erhebung dieses Eberhard in Augsburg selbst zu glauben, also dem märchenhaften
Berichte Bernolds vor den Augsb. Annalen den Vorzug zu geben.

2) Mon. Germ. VIII, p. 473: Et quia Treverensis episcopus
Wibertistarum communione contaminatus erat . . . . . a domno Lug-
dunensi archiepiscopo consecrari eum (nämlich Poppo) expetierunt
. . . . . . a quo et consecratus est.

3) Mon. Germ. VIII, p. 604.

4) Irrtümlich für Poppo.

secrandum Hugonem, archiepiscopum Lugdunensium et legatum ecclesiae Romanae. Hugo .... accessit, quinque comitatus episcopis, Constantiensi, Madasconensi, Ligonensi, Tullensi, Virdunensi. Nach der Angabe dieser dritten Quelle wird die Anwesenheit Gebhards bei dem Akte der Weihe nicht anzuzweifeln sein, zumal das chron. Hub. Andeg. von Bernolds Chronik ganz unabhängig ist. Jedoch wird nach beiden Quellen der Bericht Bernolds dahin einzuschränken sein, daß Gebhard nicht die Weihe vorgenommen, sondern nur dabei assistiert hat.

Über den Tag der Weihe gehen Bernold und Hugo ebenfalls auseinander. Während letzterer allgemein in prima hebdomada sagt, giebt Bernold sehr bestimmt den 27. März an [1]). Eine Entscheidung ist, da beide Quellen hier nicht genau sind, eine dritte aber fehlt, für oder gegen eine der beiden Angaben nicht zu treffen. Der Lokalnotiz des Hugo sollte man eigentlich den Vorzug geben, aber Bernolds so bestimmte Angabe, der 27. März, verdient ebenfalls Berücksichtigung.

III. Bernold berichtet uns p. 457 vom Herzog Welf: per manus in militem accepit. Über die Erklärung dieser Worte sind die Ansichten auseinandergegangen [2]). Es wird dieser Akt wohl mit den Dingen zusammenzubringen sein, welche wir im chron. Zwifalt. des Ortlieb [3]) lesen. Es wird

---

1) 6. Cal. Apr. in medio quadragesimae.
2) Entschieden falsch von Gies. III, 658: „Welf leistete in die Hand des Legaten des hl. Petrus förmlich den Vasalleneid.‟ — Ganz unsinnig will Zell (Freiburg. Diöces. Arch. p. 370) darunter die Erteilung der Ritterwürde durch Gebhard verstehen. — Richtiger Henking (p. 50 Anmerkg.): es wäre ein Lehnseid für Lehen der Konstanzer Kirche, welche Welf erhalten hat, gewesen.
3) Mon. Germ. X, p. 81—82.

dort berichtet, daß 1092 Graf Cuno gestorben sei, und an seine Stelle wählt communis fratrum conventus Welfonem, ducem Bavariae .... a d v o c a t u m. Factum est magnum colloquium apud Rotenakere .... ibique praesentatum privilegium ..... publice lectum est atque legitime confirmatum. Dasselbe lesen wir in Bertolds chron. Zwifalt.¹). — Unter den Worten Bernolds wird eben weiter nichts zu verstehen sein als der Eid, welchen Welf in seiner neuen Stellung als Vogt von Zwifalten Gebhard als dem Diöcesanbischofe zu leisten hatte. Keineswegs dürfen wir, wie auch HENKING betont, darunter einen Vasallitätseid verstehen, welchen Welf dem Bischofe als dem Legaten des Papstes geleistet hat, wodurch er sich zu einem Vasallen des Stuhles Petri gemacht habe. Denn es ist nicht zu verstehen, warum Welf einen solchen Eid nicht schon vor Jahren geleistet hat, sondern erst jetzt zu einer Zeit, wo wir ihn so oft in Friedensverhandlungen mit dem Kaiser erblicken.

1095.

I. Bernold sagt von dem Bischofe von Pisa, daß er seinen Rang iamdudum archiepiscopali pallio et potestate erhöht habe. Dieses ist durch päpstl. Erlaß vom 21. April 1092 erfolgt²). Danach wird der Kirche von Pisa ob civium erga Romanam ecclesiam merita der ganze Episcopat von Corsica unterstellt und der Bischof von Pisa zum archiepiscopus eiusdem insulae ernannt.

II. Nach Bernolds Angabe ist der Papst Urban marino

---

1) Mon. X, p. 97: haec sunt predia, quae .... postea secus Rotenakir coram Welfone duce ceterisque regni principibus ..... perpetualiter confirmata.

2) J. R. I, 5464 (4078).

itinere nach Frankreich gezogen. Giesebrecht [1]) zweifelt diese Notiz mit Unrecht an, wenn er sagt: „Wie die Reiseroute des Papstes nachweist, ist Bernolds Angabe irrig." Nach seiner Auffassung wäre die Reise zu Lande über die Alpen gegangen. Wenn man aber die Reiseroute bei Jaffé betrachtet, so haben wir keinen Grund, Bernolds Angabe zu bezweifeln. Nach J. R. 5569 war der Papst am 27. Juni in Asti, vielleicht auch noch am 1. Juli, dann treffen wir ihn am 5. August in Valence. Über die Zwischenzeit haben wir nur den Bericht Bernolds, welcher meldet, daß die Fahrt nach Frankreich zur See gemacht sei. Ich sehe keinen Grund, hier Bernolds Angabe für irrig zu erklären, denn in der Zwischenzeit von 5 Wochen konnte ebensogut der Seeweg benutzt sein [2]).

1096.

Die Notiz, daß Urban Weihnachten 1095 zu Arles gefeiert habe, ist falsch nach J. R. I, p. 683—684. Danach ist der Aufenthalt des Papstes vom 23. Dez. 1095 bis 6. Januar 1096 zu Limoges urkundlich nachgewiesen.

1098.

Die Nachrichten dieses Jahres lassen uns erkennen, daß Bernold nicht mehr gegen Ende so genau wie früher die einzelnen Ereignisse gebucht hat. Schon die äußerliche Kürze und das Schweigen über wichtige Dinge dieser letzten Jahre deuten darauf hin. Die wilden und stürmischen Tage, wie sie Schaffhausen damals durchmachte, zeigen uns in

---

1) III, 1179.
2) ebenso Floto II, 351.

Bernolds Worten deutlich, daß dort alles in Unordnung geriet. Die Feder mag unter solchen Verhältnissen geruht haben. Wir erkennen die spätere Eintragung sehr deutlich an folgenden Stellen:

1) Gerhardus . . locum suum . . . . dimisit. . . . . . abbas ibidem ordinari d i u (erst 1099) non potuit.

2) Manegoldus . . . . . . d i u in captione detentus est.

3) Die Darstellung der Ereignisse des Kreuzzuges. — Bernold sagt in diesem Jahre von den Kreuzfahrern: usque prope Ierosolimam . . . . pervenerunt. Der Aufbruch von Antiochia geschah aber erst Anfang 1099, die Ankunft vor Jerusalem im Juni 1099. — Außerdem begeht Bernold noch einen Irrtum, wenn er nach der Einnahme von Antiochia sagt: patriarcha Ierosolimitano restituto. Ohne Zweifel ist hier der Patriarch von Antiochia gemeint, welcher, wie Albert von Aachen V, 1 berichtet, nach der Einnahme dieser Stadt eingesetzt wurde [1]). Die Stelle bei Bernold wäre sonst im höchsten Grade konfus. Was soll denn das heißen: nachdem Nicäa und Antiochia genommen und der Patriarch von Jerusalem eingesetzt worden war, gelangte das Kreuzheer bis in die Nähe von Jerusalem: prope Ierosolimam. Vielleicht ist hier nur ein Irrtum beim Schreiben dem Verfasser untergelaufen.

4) Die Absendung des Legaten Dagobert erfolgte erst 1099, und zwar mit der in diesem Jahre nach dem heiligen Lande abgesandten Flotte der Pisaner [2]).

1099.

Die Rückeroberung der Engelsburg erfolgte nach dem

---

1) v. SYBEL, Kreuzzug p. 375 (2. Aufl.); KUGLER, Albert von Aachen p. 172.
2) GIESEBR. III, 692.

Kataloge des Cencius im August 1098. — Castrum s. Angeli
a Romanis captum est in festo s. Laurentii (10. Aug.);
... traditum .... in vigilia s. Bartholomaei (24. Aug.) [1]).

Das Ergebnis der Untersuchung der Chronik ist nach
einer Richtung hin dasselbe wie bei der Betrachtung· der
Streitschriften: Bernold ist aus ganzer Seele und aus vollster
Überzeugung Gregorianer. Aber während er in den Streitschriften sich meistens nur in theoretischen Erörterungen
bewegte und infolge davon die persönliche Seite weniger her-
vorkehren konnte, tritt gerade in der Chronik das Persönliche sehr zu Tage. Hier hatte er über Thatsachen und
Personen zu berichten, hier hatte er darzustellen, wie der
Kampf, zu dem es gekommen, da die Gegner keinen Ausgleich
ihrer Forderungen erreichten, verlaufen war. Wir haben gesehen, daß ihn der Haß gegen den Kaiser Heinrich und
seinen Anhang bei der Darstellung seines Chronikenwerkes
auf bedenkliche Bahnen trieb. Es ist kein Zweifel, gerade
in der Chronik, dem für die Zeitgeschichte wichtigsten Werke
dieses Autors, ist Bernold ein Parteischriftsteller der schlimmsten Sorte. Wir erkennen auch deutlich, was diese leidenschaftliche Parteinahme gegen die Sache des Kaisers zum
Durchbruch brachte. Es sind hauptsächlich zwei Momente.
Das eine ist bereits berührt worden: der zähe Widerstand,
mit welchem der Kaiser von vornherein allen Neuerungsbe-
strebungen des Papsttums entschieden in den Weg trat, und
von welchem er in der Folgezeit trotz mancher Niederlagen
nicht abzubringen war. Dieser Widerstand mußte bei dem
von der Rechtmäßigkeit der päpstlichen Ansprüche ganz und

---

1) bei Gregorovius IV, 284 Anmerkg.

voll durchdrungenen Mönche die größte Abneigung und Gehässigkeit gegen Heinrich hervorrufen. Und der zweite
Punkt! Er ist wesentlich in den lokalen Verhältnissen zu
suchen. Durch die Forchheimer Wahl glaubte die Gegenpartei ihr weltliches Oberhaupt gefunden zu haben. Und
wer war dieser König? Rudolf war es, der Herzog von
Schwaben, der Herr jener Lande, in welchen Bernold seine
Lebenstage zubrachte. Schon wenige Wochen nach der Wahl
sah er Rudolf, als derselbe durch den Schwarzwald nach
Augsburg zog. Er fand in den Schwarzwaldklöstern damals
sogleich begeisterte Aufnahme. Schon kurze Zeit darauf
feierte er Pfingsten wiederum in diesen Gegenden, in Hirschau.
War es auch mit seiner Macht schlecht bestellt, die Schwarzwaldklöster haben ihn jedenfalls begeistert aufgenommen.
Gewiß hat hier Bernold seinen Herzog als König auch gesehen und ihn gepriesen als den Mann, welcher der Kirche
Roms in ihren Forderungen willfahren wollte und denselben
die Anerkennung zu verschaffen gelobt hatte. Und nun
zeigte aber Heinrich, welcher in jenen Tagen aus Italien
zurückkam, daß er diesen „Pfaffenkönig" nicht aufkommen
lassen wollte. Sofort trat er ihm mit Waffengewalt entgegen.
Das Land Schwaben hatte darunter am schlimmsten zu leiden.
In den Jahren 1077 [1]) und 1078 [2]) hatten diese Gegenden
die schrecklichsten Verwüstungen des Krieges von seiten der

---

1) Die Räubereien der Truppen Heinrichs in der Pfingst-
zeit; der Brand der Kirche zu Wisloch (s. chron. 1077).
2) Der Raub- und Rachezug Heinrichs durch Schwaben. —
Ekkehard berichtet z. J. 1078, daß der alte Bertold über diese
Verwüstungen in Wahnsinn verfallen sei: dum videret ex arbitrio regis impune cuncta vastari, prae dolore animi dicitur eo
morbo, quem medici f r e n e s i n vocant, occupatus fuisse . . . .
multa amentiae verba quasi delirans protulisse sicque vitam finisse.
— Bernold berichtet nur den Tod desselben zu diesem Jahre.

Truppen Heinrichs zu ertragen. Bernold sah all' diesen
Jammer und das Elend mit eigenen Augen. Mußte da nicht
sein Grimm gegen den, welcher nach seiner Ansicht nur
durch den Ungehorsam gegen die Kirche diese Not herauf-
beschworen hatte, noch vermehrt werden?

Dieses sind die beiden Momente, welche ich zur Ent-
schuldigung für Bernold hervorgehoben haben möchte. Diese
beiden Umstände erklären auch den verhältnismäßig plötz-
lichen Umschwung seiner Gesinnung, wie er in der Chronik
seit dem Jahre 1077 hervortritt. Von hier ab beginnt eigentlich erst die höchst parteiliche Darstellung der Zeitereignisse,
welcher die heutige Kritik nicht scharf genug zu Leibe
rücken kann, zumal unter der glatten Form seiner Schreibweise oft die gröbsten Unwahrheiten versteckt sind. Die
kleinsten Erfolge der Gregorianer werden mit den größten
Ruhmesworten gepriesen, über eine Niederlage der Gegner
wird mit großer Freude berichtet, dieselbe als eine Strafe
des Himmels angesehen. Aber außerdem werden die Thatsachen in einer Weise zugestutzt, daß sie oft gerade das
Umgekehrte von dem ergeben, was in Wirklichkeit sich ereignet hat [1]). Dazu sind wir oft in der Lage, nachzuweisen,
daß Bernold absichtlich Dinge, welche ihm nicht paßten, verschwiegen hat. So wird der Name des Herzogs Friedrich
von Hohenstaufen, den bekanntlich der Kaiser an Rudolfs
Stelle in Schwaben einsetzte, in der ganzen Chronik nicht
einmal genannt.

Aber wir würden Bernold doch ein großes Unrecht thun,
wenn wir jede falsche Notiz bei ihm als eine absichtliche

---

1) cf. chron. 1084 (p. 441): Der Zug des Kaisers nach
seiner Rückkehr aus Italien zum Entsatze der Stadt Augsburg.

Entstellung der Thatsachen auslegen wollten. Manchmal hat
er falsche Nachrichten, die schon in entstellter Form an ihn
gelangten, in gutem Glauben, daß sie richtig seien, eingetragen. Es zeigt sich dieses nicht bloß bei den in entfern-
teren Ländern vorgefallenen Dingen, sondern sogar in den
sächsischen Angelegenheiten zeigt sich Bernold zuweilen
merkwürdig schlecht unterrichtet [1]). Hier trifft den Chronisten
kein harter Vorwurf, jedoch muß das in der schärfsten Weise
getadelt werden, wenn er in Dingen seiner nächsten Umgebung, wo er sicherlich Genaues erfuhr, Thatsachen in
einem für seine Partei günstigen Lichte hinstellt oder überhaupt verschweigt. Offenbar verfügte Bernold über ein aus-
giebiges Material. Durch seine eminente Kenntnis in allen
Zweigen der kirchlichen Doktrin war er in seiner Partei sehr
angesehen. Er kam mit den angesehensten Männern in Berührung und konnte so viel erfahren. Auch Briefe und
Aktenstücke hat er vielfach zu Händen bekommen und auch
oft in der Chronik verwertet. Besonders gut unterrichtet ist
er in den italischen Angelegenheiten. Es ist dieses jedenfalls auf die nahen Beziehungen, in welchen die Schwarzwaldklöster zu Rom standen, und den lebhaften Verkehr mit
der römischen Kurie zurückzuführen. Überhaupt verdanken
wir Bernold eine Fülle von Nachrichten, die wir sonst nicht
so ausführlich, manche überhaupt nirgends lesen [2]). Wir
würden dieselben gern mit größerer Bereitwilligkeit als sicher
hinnehmen, wenn wir nicht zu oft, wo andere Quellen eine

---

1) Der doppelte Bericht über den Überfall bei Gleichen
z. J. 1088 u. 1089.

2) z. B. über den ersten Versuch eines Städtebundes in der
Lombardei; über die Usurpation des jungen Conrad; über die
Verhältnisse in Savoyen u. s. w.

Kontrolle ermöglichen, in die Lage versetzt wären, seine
Angaben als unrichtig hinzustellen.

Nach dem Jahre 1090 wird Bernolds Arbeit entschieden
ruhiger und besonnener. Haben wir schon bei den Streitschriften festgestellt, daß bei ihm wie bei so vielen Andern
der geradezu blinde Eifer für die Sache Roms nachließ, daß
er von den allzu strengen Auffassungen abließ, so finden wir
diesen Zug in diesen Jahren auch in der Chronik. Dieselbe
ist in den einzelnen Jahren ebenso inhaltsreich wie früher,
aber — das ist der Unterschied — die Darstellung ist
ruhiger und wird sicherer. Man bemerkt, daß hier der
Autor, sobald er auf schwäbische Angelegenheiten zu sprechen
kommt, mit einer gewissen behaglichen Ruhe und Breite er-
zählt. Zwar sind Fehler und absichtliche, grobe Entstellungen[1])
auch hier nicht vermieden, aber die Kritik hat doch hier
nicht so viel Mühe als in den früheren Partien. Reserve ist
auch hier geboten.

In den letzten drei Jahren ändert sich der Charakter
des Werkes. Die Nachrichten sind in Vergleich zu den anderen Teilen dürftig und nicht mehr gleichzeitig. So sind
zum Jahre 1098 Dinge eingetragen, welche dem Autor erst
1099 zu Ohren gekommen sein können. Es hängt dieses
jedenfalls mit den traurigen Verhältnissen des Klosters
Schaffhausen zusammen, in welchem nach Bernolds Angabe
im Jahre 1098 alle Bande der Ordnung gelöst zu sein
schienen. Selbst äußeren Anstürmen scheint das Kloster in
diesem Jahre ausgesetzt gewesen zu sein[2]). Erst 1099

---

1) z. J. 1093 über die Angaben einer erfolgreichen Bischofswahl zu Augsburg.
2) cf. den Bericht z. J. 1098.

scheinen mit der Wahl des Abtes Adalbert wieder ruhigere
Tage über Schaffhausen gekommen zu sein. Das Resultat unserer Untersuchung darf kein günstiges
genannt werden. Bernolds Chronik ist tendenziös und darf
nur vorsichtig benutzt werden. So behält das Werk, wie so
manche andere Quelle dieser Epoche, nur einen zweifelhaften
Wert. Wenn man auch Bernold gerade nicht in so hohem
Maße wie Lambert und Bruno absichtliche Verdrehung der
Thatsachen vorwerfen kann, so ist er doch durch Partei-
leidenschaft bei seiner Darstellung der Zeitereignisse beeinflußt worden; auch er findet Gefallen daran, den Gegner so
schlecht als möglich zu machen. Es giebt auch diese Untersuchung ein Bild davon, mit welcher Leidenschaft und
welchem Hasse die beiden Parteien, Gregorianer und Anhänger des Kaisers, aufeinander platzten, wie dieser erbitterte
Federkampf von vornherein den Charakter der Gegensätze,
die sich in diesem Kampfe entgegentraten, verdunkelte [1]).
Es ist bezeichnend, wenn Schriftsteller wie Bertold klagen:
mendaciorum myriades ubicunque regnabant [2]); wenn ein
Cosmas von Prag schreibt: de modernis hominibus sive temporibus utilius est, ut omnino taceamus, quam loquendo
veritatem . . . . . . alicuius rei incurramus dispendium [3]); —
wenn aber auch sie trotz aller Klagen es mit der Wahrheit
in ihren Chroniken nicht sehr ernst nehmen. Ein Streben
nach wahrheitsgetreuer Darstellung, wie wir es bei Adam
von Bremen sehen, der über seinen Herr, den Erzbischof
Adalbert, gern Gutes berichten möchte, es aber nicht kann,
da derselbe es nicht verdient habe, und der sich fürchtet,

---

1) Vergleiche NITZSCH, Deutsche Geschichte II, 114 ff.;
BERNHEIM, Forsch. XVI, 282 f.
2) Bertold z. J. 1077. cf. FLOTO I, p. 9—11.
3) Prolog zum dritten Buche (Mon. Germ. IX, p. 101).

die Unwahrheit zu berichten [1]) — eine solche Wahrheitsliebe
ist für diesen Zeitraum unserer Geschichte ein ganz verein-
zelter Fall. So befinden wir uns bei der Untersuchung der
Epoche des Investiturstreites vielfach auf unsicherem Boden.
Und nur da, wo ausreichendes Aktenmaterial und Berichte
von übereinstimmenden, aber völlig unabhängig voneinander
dastehenden Chronisten vorhanden sind — nur da bietet sich
für den Forscher ein fester und sicherer Anhaltspunkt.

---

1) Adam III, 64: Eheu quam vellem meliora scribere de
tanto viro, qui et me dilexit, et tam clarus in vita sua fuit.
Verum times, quia scriptum est: Vae illis, qui malum bonum
dicunt, et pereant, qui nigrum in candidum vertunt. Videtur-
que mihi periculosum esse, ut talis homo, qui dum viveret,
propter adulationes perditus est . . . . adulari debeamus.

Vita.

J. G. Ernst Strelau wurde am 5. Dezember 1863 zu
Graudenz, Provinz Westpreußen, geboren. — Ich besuchte
zuerst die Sexta und Quinta der Realschule zu Mannheim,
durch Versetzung meines Vaters nach Freiburg in Baden
genoß ich von Quinta ab den Unterricht des Gymnasiums
daselbst, später zu Dortmund. Im Sommer 1885 bestand
ich die Abiturientenprüfung an dem Gymnasium zu Detmold,
wo ich seit 1883 die Prima besucht hatte.
Mit dem W.-Sem. 1885/86 bezog ich die Universität
Erlangen, wo ich die Vorlesungen der Professoren: v. BEZOLD,
KOLDE, STEINMEYER, CLASS hörte, auch an dem Proseminar
des Dr. HEERDEGEN teilnahm. — Seit S.-Sem. 1886 bin ich
an der Universität Leipzig immatrikuliert, wo ich die Vorlesungen der Professoren: MAURENBRECHER, VOIGT, SPRINGER,
ZARNCKE, HILDEBRAND, HEINZE, LIPSIUS, GARDTHAUSEN,
v. BAHDER, KÖGEL besuchte; ferner nahm ich an den Seminar-
übungen der Professoren: MAURENBRECHER, GARDTHAUSEN,
v. BAHDER teil.

Allen meinen verehrten Lehrern, besonders Herrn Prof.
MAURENBRECHER, durch welchen auch die vorliegende Arbeit
angeregt worden ist, sage ich für die zahlreichen in den
Vorlesungen und Übungen erhaltenen Lehren und Anweisungen
meinen Dank.